Über den Autor:

Sandro Hübner, wurde 1991 in Görlitz geboren. Besuchte erfolgreich die Schule und widmete sich mit 10 Jahren Kurzgeschichten, Gedichten und Vorträgen, die sehr umfangreich verfasst waren. Als er 17 Jahre alt war und sich als Schriftsteller die Zeit, für seinen Ersten Roman: SAD SONG - Trauriges Lied - nahm, machte ihm das Schreiben sehr großen Spaß. Sandro Hübner lebt in Berlin und arbeitet bereits an seinem nächsten Roman. Er hat mittlerweile Bestseller geschrieben.

Vom Autor bereits erschienen: www.sandrohuebner.de

Für dich Mama, Papa Oma, Opa und Ur-Oma

Alle Geschichten, wenn man sie
bis zum Ende erzählt,
hören mit dem Tode auf.
Wer Ihnen das vorenthält,
ist kein guter Erzähler.

E. Hemingway

SANDRO HÜBNER

WENN DU DICH ERINNNERST…

Roman

Bibliografische Information der Deutschen Nationalbibliothek:
Die Deutsche Nationalbibliothek verzeichnet diese Publikation in der Deutschen Nationalbibliografie; detaillierte bibliografische Daten sind im Internet über http://dnb.dnb.de abrufbar.

TWENTYSIX
Eine Marke der Books on Demand GmbH

© 2022 Sandro Hübner

Herstellung und Verlag:
BoD - Books on Demand, Norderstedt

ISBN: 978-3-7407-1208-2

Alle Rechte, einschließlich die des auszugsweisen Nachdrucks in jeglicher Form und der Übersetzung, sind vorbehalten. Das Werk darf – auch teilweise – nur mit Genehmigung des Autors wiedergegeben werden.

Alle in diesem Roman vorkommenden Personen, Schauplätze, Ereignisse und Handlungen sind frei erfunden. Etwaige Ähnlichkeiten mit lebenden Personen oder Ereignissen sind rein zufällig.

Wenn du dich erinnerst…

„Es liegt in der Natur des Menschen, nach Fehlern zu suchen.“

Etwas verwundert sah Robert sie an.

„Wie meinst du das?“ fragte er.

Sie zuckte die Schultern und richtete ihren Blick wieder auf das Buch, das aufgeschlagen in ihrem Schoß lag.

Er kannte sie schon lange genug, um ihr Verhalten einschätzen zu können, deswegen fragte er nicht weiter, sondern sah sie schweigend an.

Nach etwa einer Viertelstunde wurde sein Schweigen belohnt.

Sie sah zwar immer noch in das Buch, sagte aber: „Die Menschen sagen immer, dass sie glücklich sein wollen. Sie sagen, dass sie Harmonie haben wollen. Und wenn sie es sagen, dann glauben sie es sogar. Das ist das Verrückte daran. Verstehst du?“

„Die Menschen wollen also gar nicht glücklich sein?“

Sie schüttelte den Kopf.

„Wie kommst du darauf?“ fragte er interessiert.

„Wenn sie mal glücklich sind, dann zerstören sie dieses Glück.

Alles ist perfekt. Und was tun sie? Sie suchen nach etwas, dass nicht perfekt ist. Sie kämpfen sich durch ihr ganzes Leben auf der verzweifelten Suche nach etwas, dass die Harmonie stört.

Und wenn sie dann endlich etwas gefunden haben, beklagen sie sich darüber, dass sie nie glücklich sein können.“

„Du übertreibst etwas.“ meinte Robin.

Mit einer entschlossenen Geste schlug sie das Buch zu und stand auf. Ihr Blick war kalt geworden. Ihre Stimme hätte Eisen durchschneiden können, als sie sagte: „Warte nur ab. Irgendwann wirst du auch glücklich sein und dann beginnt deine Suche nach Problemen."

An dieses Gespräch erinnerte sich Robin, als er sich in dem verlassenen Wohnzimmer umsah, in dem er seine Jugend verbracht hatte. Zusammen mit Carrie. Aber diesmal war Carrie nicht da. Sie würde nie wieder mit ihm auf dem Sofa sitzen, Kaffee trinken und über unheimliche Dinge sprechen.

„Robin?"

Er zuckte zusammen und fuhr herum. Hinter ihm stand David.

„Ist alles in Ordnung? Du siehst blass aus."

„Mir geht es gut. Mir ist nur gerade etwas eingefallen..."

Neugierig sah David ihn an.

„Ich habe mich an ein Gespräch erinnert, dass ich hier

mal geführt habe." antwortete er widerstrebend.

„Mit Carrie?" fragte er und versuchte, beiläufig zu klingen.

Aber seine Augen verrieten, wie gespannt er war.

„Ja." antwortete Robin einsilbig und wandte sich ab.

Er hatte keine Lust, mit David über Carrie zu sprechen.

Natürlich war David sein Freund. Vielleicht war er sogar sein einziger Freund. Aber das mit Carrie war etwas, dass niemanden etwas anging. Seine Erinnerungen an sie waren etwas Heiliges und

Besonderes geworden. Besonders, seit sie nicht mehr da war.

Robin ging aus dem Wohnzimmer in die große Halle, die im Laufe der Jahre viel von ihrem Glanz verloren hatte. Vielleicht hatte sich aber auch nur seine Sichtweise geändert. Er war kein Teenager mehr, der sich durch Geld und Materialismus beeindrucken ließ. Er war ein erwachsener Mann, der ins Haus seiner Jugend zurückgekehrt war, um...

Warum eigentlich?

Bekannten gegenüber hatte er behauptet, er wolle seine alten Sachen ausräumen, um das Haus verkaufen zu können. Aber stimmte das? War es nicht viel eher so, dass er Carries alte Sachen holen wollte? Dass er hoffte, sie wieder besser spüren zu können, wenn er Dinge, die einst ihr gehörten, in der Hand hielt?

Vermutlich war es das.

Er wollte gar nicht zu genau über seine Beweggründe nachdenken. Es wäre zwar nicht unmoralisch gewesen (seit zwei Jahren war er geschieden) aber trotzdem.

Mit langsamen Schritten ging er die Treppe hinauf, die ächzende Geräusche von sich gab. Oben angekommen zögerte er allerdings, weiterzugehen.

Sollte er das wirklich tun?

Wäre es nicht viel einfacher, wenn er wieder runtergehen, in sein Auto steigen und nach Hause fahren würde?

Er könnte sich an seinen Schreibtisch setzen, einen neuen Roman anfangen und wie besessen daran schreiben, bis er fertig war. Aber was dann?

Es würde so kommen, wie schon bei den letzten drei Romanen, die er geschrieben hatte. Er würde sich alles noch mal durchlesen und sich schlecht fühlen, weil er die ganzen Gefühle, die er in seiner Geschichte beschrieb, nicht empfinden konnte.

Und damit war er mit seinen Überlegungen wieder an dem Punkt angelangt, warum er überhaupt hier war. Empfindung war das Stichwort. Er wollte wieder empfinden. Und sollte es auch nur der Schmerz sein, weil er sie diesmal nicht retten konnte.

Entschlossen steuerte er auf die Tür zu, die ganz am Ende des Ganges lag, und drückte auf die Klinke. Nichts geschah.

Er versuchte es noch einmal, aber wieder ließ sie sich nicht öffnen. Sie musste wohl abgeschlossen sein.

Aber wieso?

Und vor allem: Wer hatte diese Tür abgeschlossen?

Ihm gehörte dieses Haus, seit seine Eltern gestorben waren und er konnte sich nicht irgendwie erinnern, dass er jemals Carries Tür abgeschlossen hatte.

Stirnrunzelnd wandte er sich an die Tür daneben und stellte fest, dass diese offen war. Er betrat einen kleinen muffigen Raum, in dem nur ein Bett und ein Schreibtisch standen.

Er wollte es nicht tun, aber irgendetwas zwang ihn, zu dem Bett zu gehen und die Matratze umzudrehen. Dabei wirbelte er einen Haufen Staub auf und kriegte einen Hustenanfall.

„Robin?"

Diesmal drehte er sich noch schneller um als vorhin. David stand im Türrahmen und musterte ihn besorgt.

„Was tust du da?“ fragte er und ging zu ihm.

„Ich drehe die Matratze um.“ antwortete er.

David warf ihm einen merkwürdigen Blick zu und sah dann auf die Matratze.

„Was ist das?“ fragte er und deutete auf den braunen Fleck, der sich deutlich von dem schmutzig gelben weiß abhob.

Robin sah jetzt ebenfalls darauf und eine erneute Erinnerung überflutete ihn.

„Ich habe Angst.“ flüsterte Carrie.

„Ich bin doch da.“ flüsterte Robin zurück. Sie presste sich noch enger an ihn und er spürte ihren heißen Atem in seinem Gesicht.

Beruhigend strich er über ihren Rücken, der eiskalt war.

„Es wird wieder gut.“ murmelte er.

„Ich sterbe, oder?“ schluchzte sie.

Ihre Fingernägel krallten sich in seine Haut. Er unterdrückte einen Schmerzenslaut und zog stattdessen die Bettdecke noch enger um ihren zitternden Körper.

„Du stirbst nicht. Ich passe auf dich. Es kann dir nichts passieren.“ sagte er, obwohl er sich da selbst nicht so sicher war.

„Was ist, wenn sie kommen? Sie werden mich holen, oder? Und dann werden sie mich...“ Der Rest des Satzes ging in einem erneuten Schluchzen unter.

„Ich werde es nicht zulassen, dass sie dich holen.“

„Aber ich...“

Sie brach ab. Mit einem Schlag hörte sie auf zu Zittern und es schien ihm, als würde sie auch kurz mit Atmen aufhören.

„Was ist los?" fragte er und spürte, wie Panik in ihm aufstieg.

Statt zu antworten richtete sie sich langsam auf und schlug die Decke zurück.

Da es vollkommen dunkel war, konnte er nicht erkennen, was los war.

„Mach den Vorhang auf." sagte sie tonlos.

Er rannte förmlich zum Fenster und riss den schweren Stoffvorhang weg. Ihm nun einflutenden Mondlicht konnte er etwas Dunkles erkennen. Mit wackligen Beinen ging er zurück zum Bett und folgte ihrem Blick auf die Stelle zwischen ihren Beinen. Ihr weißer Slip war vollkommen rot, genau wie ihre Schenkel. Einen Moment wusste er nicht, was los war, dann begriff er.

Es war Blut!

Carrie schien es im selben Moment zu begreifen, denn sie begann zu schreien. Ein Schrei, der durch Mark und Bein ging und ihm eine Gänsehaut über den Rücken jagte.

„Ich verblute! Sie sind gekommen und lassen mich verbluten!"

Er wusste zwar nicht genau, was er tat, aber er wusste, dass er etwas tun musste. Kurzerhand packte er sie und trug sie ins angrenzende Badezimmer.

Sie schrie immer noch, als er sie in die Badewanne setzte und anfing, Wasser auf ihre Beine zu spritzen, um das Blut wegzuwischen. Nach kurzer Zeit musste er allerdings merken, dass das sinnlos war, denn es kam immer neues Blut. Noch dazu war der Stöpsel im Ausguss und Carrie saß in einer Wanne voller rotem Wasser, was sie nicht gerade beruhigte.

Dieses Bild von ihr, wie sie in der halbvollen Wanne saß und alles um sie herum rot war, brannte sich in seinen Verstand ein.

Besonders, weil er dasselbe Bild Jahre später noch mal sehen würde. Nur, dass sie dann nicht sitzen, sondern liegen würde.

„Ist das Blut?"

Davids Stimme holte Robin aus seinen Erinnerungen zurück.

„Was?" fragte er, während er immer noch das Bild vor Augen hatte.

„Ob das Blut ist." wiederholte David seine Frage.

„Ja." sagte er, hatte aber nicht vor, weiter darauf einzugehen.

Natürlich könnte er David die ganze Geschichte erzählen.

Aber dann würden Fragen auftauchen. Zum Beispiel, ob Carrie und Robin damals nicht schon etwas zu alt gewesen waren, um zusammen in einem Bett zu schlafen. Und warum sie überhaupt in diesem Zimmer gewesen waren, wenn doch Jeder von ihnen ein eigenes hatte. Er könnte dann antworten, wegen den Langoliers.

Und genau an diesem Punkt wäre es dann zu Ende mit der vernünftigen Unterhaltung. Denn David würde nie verstehen können, welche Angst die Langoliers Carrie gemacht hatten.

„Ist irgendwas? Du machst den Eindruck, als wärst du sehr schlecht drauf." meinte David.

„Ich bin nur müde." log Robin und flüchtete vor weiteren Fragen in den nächsten Raum. In seinen ehemaligen Raum.

Es sah alles noch genauso aus wie damals, als er ausgezogen war. Seine Eltern hatten nichts verändert. Er wusste nicht, ob er ihnen dafür dankbar sein sollte.

Sicher war es nett die kleinen Pokale zu sehen, die ordentlich aufgereiht auf dem Regal standen. Und es war auch schön, die Poster von seinen Lieblingsstars zu sehen. Was er damals doch für einen Geschmack gehabt hatte! Es war einfach unglaublich!

Aber es war eben auch so, dass nicht alles, was sich in seinem Zimmer befand, ihm Freude bereitete, wenn er es ansah. Besonders wenn sein Blick das Fenster streifte, und den Balkon, der dahinter lag, krampfte sich sein Herz zusammen. Zweifel stiegen langsam in ihm hoch. War es so eine gute Idee gewesen, hierher zu kommen? Hätte er nicht lieber vorhin, als er an der Treppe zögerte, schon gehen sollen?

Er wollte seine Erinnerungen an Carrie wieder auffrischen, aber doch nicht auf so eine Weise! Und trotz seines Widerstandes gingen seine Augen immer wieder zum Balkon, bis er nicht mehr wegschauen konnte. Und je länger er seinen Blick auf die braunen Fließen und das braune Geländer gerichtet hatte, desto intensiver wurde die Erinnerung...

„Und? Wie war es in der Schule?" fragte seine Mutter ihn.

„Ging so. Weißt du, wo Carrie ist? Ich habe draußen vor der Schule auf sie gewartet, aber sie ist nicht gekommen."

„Sie ist nach der dritten Stunde nach Hause gekommen." antwortete seine Mutter, während sie weiter das Fenster putzte.

„Warum?" fragte er verblüfft.

„Sie hatte früher aus." sagte sie und konzentrierte sich auf einen besonders festen Schmutzfleck.

Er schwieg total. Ganz im Gegensatz zu seiner Mutter wusste er, dass Carrie nicht früher ausgehabt hatte.

Er ging nach oben und sparte sich die Mühe, an ihre Tür zu klopfen, weil er aus seinem Zimmer laute Musik hören konnte.

Manchmal ging sie in seinen Raum, um Musik zu hören, weil ihre Anlage sich nicht sehr laut aufdrehen ließ. So auch heute.

Sie saß auf der Brüstung des Balkons und starrte hinunter.

„Hi!", begrüßte er sie und machte die Musik leiser.

Sie drehte sich nicht um, sondern blieb unbeweglich sitzen.

Er stellte sich neben sie und versuchte, in ihr Gesicht zu sehen, aber sie wandte den Kopf ab.

„Du bist heute schon nach der dritten nach Hause gegangen. Warum?"

Sie zuckte die Schultern.

„Irgendetwas stimmt mit dir nicht. Ist es wegen Jason?"

Carrie riss ihren Kopf herum und starrte verdutzt ihn an.

Er zuckte fast unmerklich zusammen.

Ihre Haut war leichenblass und ihre Augen rot und geschwollen.

Ohne lange zu überlegen, nahm er sie in die Arme und drückte sie so fest, wie er es früher immer getan hatte, als die Langoliers gekommen waren. Nur das es heute etwas anderes war. Etwas, von dem er nichts wusste. Von dem sie ihn heute ausschloss.

Sie löste sich aus seiner Umarmung, stieg von der Brüstung auf den Balkon und ging aus dem Zimmer.

Er machte keine Anstalten, ihr zu folgen. Er wusste, dass das jetzt sinnlos gewesen wäre. Später würde er es erneut bei ihr versuchen.

Während er seinen Schulranzen aufräumte, fiel ihm ein Zettel auf, der auf dem Fußboden lag. Carrie musste ihn dort vergessen oder gar verloren haben. Robert hob ihn hoch, faltete ihn komplett auseinander und begann zu lesen.

Als er zum Schluss des Briefes gekommen war, war er ebenso blass wie Carrie vorhin und in seinem Magen war ein Gefühl, als müsse er sich gleich übergeben.

Und ab diesem Moment hatte er jedes Mal, wenn er wegging, sein Zimmer abgesperrt. Natürlich war das töricht gewesen. Carrie war nicht auf seinen Balkon angewiesen. Es gab genug andere Mittel und Wege. Aber Robert war damals nur ein verwirrter Teenager, der hoffte, dass alles wieder von allein gut werden würde. Mit einem Ruck kam er zurück in die Gegenwart.

Ohne es zu merken hatte er seine Zähne in seine Unterlippe gegraben, um keinen großen Schrei auszustoßen.

Seit diesem Ereignis auf dem Balkon und Heute hatte er viele Abschiedsbriefe von Carrie gelesen. Aber der Erste hatte ihn am meisten getroffen. Weil er absolut nicht darauf vorbereitet gewesen war.

Er konnte zwar nicht sagen, dass er sich im Laufe der Zeit an diese Briefe gewöhnt hatte, aber er hatte wenigstens damit gerechnet. Deswegen war der Schock kleiner gewesen bei den anderen Malen.

Verzweifelt schloss er die Augen. Konnte es denn nicht auch irgendetwas in diesem Haus geben, dass ihn in positiver Weise an Carrie erinnerte?

Der Dachboden!

Er hastete an David, der im Gang stand, vorbei und riss an der Schnur, die von der Decke baumelte. Fast hätte ihn die herunterkommende Treppe im Gesicht getroffen, aber er war viel zu aufgeregt, um sich weiter damit zu beschäftigen. Auch dem Gedanken, dass die Treppe alt und morsch war, schenkte er keine Beachtung.

Glücklicherweise kam er unbeschadet oben an. Seine Augen brauchten einen Moment, um sich an die Dämmerung zu gewöhnen, dann nahm er die alten Möbel wahr, die hier schon seit mehr als 20 Jahren standen und auf denen Carrie und er immer gesessen hatten, wenn sie sich Geheimnisse erzählt hatten. Das hier oben war ihr Versteck gewesen.

Ihr Schlupfloch. Hier hatten sie so was wie ihre eigene Welt gebaut.

Niemand hatte ihnen hier etwas anhaben können.

Nur sie beide, ein aufgerissener Sessel, eine durchgesessene Couch und Kartons voller Gerümpel…

„James! Wir brauchen ihre Hilfe! Schnell! Das Leben des Präsidenten ist in Gefahr! Nur Sie können ihn jetzt noch retten!"

Robert Parker alias James Bond stand auf, nahm seine Waffe (eine Wasserspritzpistole) und machte sich dafür bereit, das Leben des Präsidenten zu retten.

Unterstützt wurde er dabei von seiner wunderschönen Assistentin Carrie alias Janis, die eine perfekte Giftmischerin war und für jeden Feind die passende Droge hatte.

Nachdem sie es mit vereinten Kräften geschafft hatten, den Präsidenten zu retten, kehrten sie in ihr Hauptquartier zurück.

„Das war saubere Arbeit!" sagte Robert und ließ sich in den Sessel fallen.

„Wir werden immer besser." kicherte Carrie und setzte sich neben ihn auf die Lehne.

„Uns kann eben keiner stoppen...", murmelte er zufrieden.

Als Carrie nicht reagierte sah er zu ihr und stellte fest, dass ihre Augen einen merkwürdigen Glanz angenommen hatten.

„Was ist los? Du siehst aus, als hättest du was von deinen eigenen Drogen genommen.", witzelte er.

„Hättest du John F. Kennedy gerettet?", fragte sie.

„Natürlich! Schließlich bin ich James Bond! Es ist meine Pflicht, die Präsidenten zu retten!", sagte er bestimmt.

„Auch wenn sie Mörder sind?" verblüfft sah er sie an. „Die Präsidenten sind doch keine Mörder!"

„John F. Kennedy hat angeblich Marilyn umgebracht."

Robert machte eine sehr abwinkende Handbewegung.

„Sie hat sich selbst umgebracht. Das weißt du doch."

„Aber warum?" fragte Carrie und er glaubte, so etwas wie Verzweiflung in ihrer Stimme zu hören.

„Sie war unglücklich, nehme ich an. Deswegen bringen sich Menschen doch um, oder? Weil sie traurig sind..."

„Aber warum war sie traurig? Sie sah so schön aus und sie war so berühmt und jeder hat sie gemocht und jeder Mann wollte sie heiraten und... Sie hatte doch alles!" rief Carrie.

„Das wissen wir doch nicht. Wir kannten sie doch nicht. Vielleicht wollte sie ein einziger Mann nicht heiraten und genau diesen Mann hat sie geliebt! Da war doch dieser Fotograf... Ich weiß jetzt gerade nicht, wie er heißt, aber..."

„Milton Greene?" unterbrach sie ihn.

„Ja, genau der. In irgendeiner Zeitung stand, dass sie in ihn verliebt war. Aber er ist ja verheiratet. Also..."

„Wenn ich mal blonde Haare habe und große blaue Augen und einen roten Mund und alle lachen, wenn ich lache, und alle Männer mich so aufmerksam anschauen, wie ein Footballspiel dann werde ich mich nie umbringen! Dann werde ich ewig leben!"

Sie sprang auf und drehte sich mit weit ausgestreckten Armen im Kreis, bis ihr schwindlig war und sie sich auf den Teppich fallen ließ. Dabei lachte sie die ganze Zeit. Robert konnte nicht genug von diesem Lachen kriegen.

Es klang so frisch und natürlich. Er war sich sicher, dass Marilyn Monroe in keinem ihrer Filme so gelacht hatte wie Carrie.

Er warf sich neben sie auf den Teppich und begann, sie zu kitzeln. Lachend kringelte sie sich unter ihm und er wünschte sich, dass dieser Moment niemals endet. Ihre zerzausten Locken, ihr offener Mund, ihre weißen Zähne...

Irgendwann ließ er von ihr ab und sie holte erschöpft Luft.

Robert saß immer noch auf ihr und ihre Blicke trafen sich.

Langsam beugte er sich nach unten, ihre Lippen berührten sich sanft, der Geschmack von Erdbeeren war auf einmal in seinem Mund und es war wirklich so fantastisch, wie die Leute es immer beschrieben.

„Willst du von hier oben auch was mitnehmen?"

Gedankenverloren starrte Robert auf den Teppich, auf dem Carrie und er gelegen hatten, als sie sich zum ersten Mal küssten.

Er hatte Davids Frage gar nicht gehört.

„Hey!" Er rüttelte ihn sanft an der Schulter, als wollte er einen Schlafenden aufwecken. „Willst du von dem Zeug hier auch was mitnehmen oder nicht?"

„Ich weiß nicht.", antwortete Robert langsam.

Für einen Moment hatte er geglaubt, Erdbeeren schmecken zu können, aber es war schon wieder weg.

„Sieht alles nicht mehr so brauchbar aus. Was ist denn in der Kommode drin?"

Ohne eine Antwort abzuwarten, machte David schon die erste Schublade auf und durchsuchte sie.

„Vorhänge, Geschirrtücher, Taschentücher...", zählte er auf und wandte sich dann der zweiten Schublade zu.

„Geschirr, Geschirr... Man, wie viel Geschirr habt ihr gehabt? Wir hatten nicht mal so viel Essen!"

Jetzt kam er zu der dritten und letzten Schublade.

„Hm... Auch lauter Wäsche... Obwohl... Warte mal... Was ist das denn? Liebesbriefe? Jetzt wird's interessant!"
Robert sah einen Moment verwirrt dabei zu, wie David einen Stapel Briefe aus der Kommode nahm und den Ersten aus dem Umschlag holte, um ihn zu lesen.

Robert hob das Kuvert auf, das auf den Boden gefallen war, und schaute auf die Vorderseite. Dort stand mit unsicheren großen Buchstaben „FÜR ROBERT". Einen Moment war er wie erstarrt, dann packte er Davids Hand und wollte ihm den Zettel entreißen, aber er kämpfte sich frei und las weiter.

Als Robert es endlich schaffte, an den Brief zu kommen, hatte David ihn schon zu Ende gelesen und sah ihn bestürzt an.

„Was hat das zu bedeuten?" fragte er schließlich.

„Du verstehst das nicht." antwortete Robert und nahm die restlichen Briefe an sich.

„Sie hatten Recht, oder? Die Gerüchte haben gestimmt, oder? Du hast gesagt, dass sie lügen! Du hast behauptet, dass..."

„Ich weiß!" rief Robert. „Ich weiß, was ich gesagt habe! Verdammt noch mal! Sollte ich etwa sagen, dass es stimmt? Sollte ich etwa sagen, dass sie ihr Leben hasst und Tabletten nimmt und ich nicht mehr weiß, was ich tun soll? Hättest du sie jemals wieder normal anschauen können, wenn du das gewusst hättest?"

Er rang nach Atem. Die Ader an seiner Schläfe trat hervor und sein Herz raste, als hätte er gerade einen Marathonlauf hinter sich.

Einige Minuten herrschten Stille zwischen ihnen, dann sagte David leise: „Es tut mir leid. Ich wollte dir nicht unterstellen, dass du dich falsch benommen hast. Es war nur... Alle haben mir gesagt, dass etwas nicht mit ihr stimmt. Und ich habe ihnen dann immer gesagt, dass sie die Klappe halten sollen und dass sie Carrie gar nicht kennen und deswegen können sie gar nicht beurteilen, ob etwas nicht mit ihr stimmt. Und dabei... Dabei habe ich selbst immer gedacht, dass irgendetwas mit ihr sein muss. Aber nur was, das war die Frage der Fragen."

„Jeder wusste es, oder? Alle haben sie angesehen und das gesehen, was ich die ganzen Jahre lang nicht sehen wollte..."

„Es waren nur Gerüchte." sagte David und legte Robert den Arm um die Schulter. „Niemand hat das so ernst genommen. Sie wussten nicht was. Es war nur... Erinnerst du dich an den ersten Schultag vom Abschlussjahr? Jason war in den Ferien auf Mallorca gewesen und hatte sie dort betrogen. Sogar mehrmals. Und damit hat er vor seinen Freunden geprallt. Und Carrie hat das natürlich erfahren. Sie stand da auf dem Flur, hat ihn angestarrt und..."

„Ich weiß." unterbrach ihn Robert. „Sie hat sich den Arm mit ihrer Nagelfeile aufgekratzt. Das hat die Gerüchte noch mehr vorangetrieben. Ich kann es den Leuten eigentlich gar nicht verübeln. Wenn ich ein Mädchen sehen würde, dass sich den Arm blutig kratzt, dann würde ich mich auch fragen, ob vielleicht irgendetwas nicht mit ihr stimmt."

„Vielleicht hättest du nicht herkommen sollen." meinte er nachdenklich.

„Das habe ich mir auch schon gedacht. Aber ich hatte keine andere Wahl. Ich musste herkommen.

Ich muss endlich etwas tun oder sie wird auf ewig da sein.“

„Wie meinst du das?“ fragte David vorsichtig. Robert schüttelte den Kopf. „Ich glaube, ich brauche etwas zu essen. Das Ganze hat mich hungrig gemacht.“

„Ich kann runter ins Dorf gehen und was holen“, bot er an.

„Okay“ stimmte Robert zu, der schon gehofft hatte, dass David dieses Angebot machen würde.

„Soll ich irgendetwas Bestimmtes mitbringen?“

„Erdbeeren wären nicht schlecht.“ meinte Robert lächelnd.

David sah ihn einen Moment zweifelnd an, ging aber dann nach unten und war wenige Minuten später aus dem Haus.

Mit einem gewissen Gefühl der Erleichterung stieg Robert die Treppe hinab. Er hatte schon den ganzen Morgen etwas vorgehabt, hatte es aber wegen David nicht tun können.

Es dauerte nicht lange, bis er die Schallplatte im Wohnzimmerschrank gefunden hatte. Sie lag ziemlich oben auf dem Stapel, obwohl sie seit mindestens 10 Jahren keiner mehr angehört hatte.

Mit leicht zitternden Händen legte er sie auf und bekam erst nur ein Kratzen zu hören.

Er spürte schon Verzweiflung in sich aufsteigen, als plötzlich eine Melodie erklang. Die Platte war also doch noch in Ordnung!

Neil Diamonds Stimme erfüllte das Wohnzimmer und gab ihm etwas von dem Leben zurück, das früher hier geherrscht hatte.

Robert ging nach nebenan in die Küche, schenkte sich ein Glas Wein ein und kehrte dann zu der Musik zurück, die ihm so vertraut in den Ohren klang, als hätte er die letzten Monate nichts anderes getan, als sie anzuhören.

Er drehte noch etwas lauter, so dass er die Vibration der Boxen auf dem Boden spüren konnte. Zufrieden setzte er sich auf die Couch, zog ein Foto aus der Tasche, legte es auf den Tisch und betrachtete es eingehend. Blonde Haare, roter Mund, blaue Augen...

Sie hatte Marilyn Monroe imitiert. Aber nicht nur das Aussehen. Auch ihr Verhalten hatte sie auf sich übertragen. Und so war es dann wohl zu diesem Abend gekommen, der erfüllt gewesen war von Neil Diamonds Stimme und dem Weingeruch...

Robert schloss leise die Tür auf und stellte dann im Flur fest, dass das gar nicht nötig gewesen wäre. Carrie war noch wach, der lauten Musik aus dem Wohnzimmer nach zu urteilen. Seine Eltern waren wohl von ihrem Besuch bei Freunden noch nicht zurück, aber es war ja noch ziemlich früh.

Robert selbst hatte auch nicht vorgehabt, um diese Uhrzeit schon von der Party zurückzukommen, aber es war so langweilig gewesen und ständig hatte er an den Englisch Aufsatz denken müssen, den er noch machen musste. Also war er doch schon früher nach Hause gekommen.

Er machte die Wohnzimmertür auf und ging hinein. Carrie lag auf dem Boden, neben ihr ein leeres Weinglas. Grinsend dachte er, dass sie wohl wieder heimlich an der Minibar der Eltern gewesen war, was diese ihr eigentlich streng untersagt hatten.

„Hey!" rief er laut, um Neils Stimme zu übertönen. Sie reagierte nicht, sondern blieb bewegungslos liegen.

„Was ist los? Bist du schon betrunken?" fragte er lachend und zog an ihrer Schulter, um sie auf den Rücken zu drehen. Das Lachen blieb ihm im Hals stecken, als er ihr Gesicht sah.

Es war totenblass, die Augen waren merkwürdig herausgequollen und ihre Zunge ragte zwischen ihren Lippen hervor.

„Carrie!" schrie er und schüttelte ihren Körper. Sie gab ein undeutliches Stöhnen von sich und verdrehte die Augen. Das war aber auch alles. Panisch blickte er um sich und entdeckte die Schachtel Schlaftabletten, die ein Stück entfernt vom Weinglas lag.

Sie hat eine Überdosis geschluckt! schoss es ihm durch den Kopf. Und im gleichen Moment fiel ihm eine Geschichte ein, die er mal gelesen hatte. Dort hatte auch eine Frau zu viele Schlaftabletten geschluckt, sie aber wieder erbrochen und war dadurch am Leben geblieben.

Ich muss das Zeug aus ihr rauskriegen! sagte er zu sich selbst und, ohne wirklich zu wissen, was er tat, drückte er auf ihren Bauch.

Immer und immer wieder, so fest er konnte, bis er schließlich ein würgendes Geräusch gehörte. Er hörte auf und sah zu Carries Gesicht. Sie war noch blasser geworden, aber jetzt bewegten sich ihre Lippen. Und im nächsten Moment erbrach sie sich auf den Teppich.

Danach rang sie keuchend nach Atem, während Tränen an ihren Wangen hinunterliefen.

Robert nahm sie, wie schon so oft zuvor, in die Arme und klammerte sich an ihren kalten Körper. Mittlerweile musste er auch weinen. Und so saßen sie eng umschlungen auf dem Wohnzimmerboden, mit Tränen im Gesicht und neben ihnen lag ein kaputtes Weinglas, auf das sich Robert gekniet hatte, eine leere Packung Schlaftabletten und mehrere kleine weiße Tabletten, die durchweicht und nass waren.

Plötzlich begann Carrie, überschwänglich sein Gesicht zu küssen.

„Du hast mich gerettet." flüsterte sie. „Du hast mich gerettet."

Irgendwann traf sie seine Lippen und verharrte. Roberts Zunge strich vorsichtig an ihren Zähnen entlang, an ihren Lippen, an ihrer Zunge.

Er war auf einmal so erregt, wie noch nie zuvor in seinem Leben. So kam es ihm wenigstens vor.

Seine Hand tastete sich unter Carries Pullover, zu ihrem BH und streichelte durch den dünnen Stoff ihre weichen Brüste.

Sie streichelte gleichzeitig seine Brust und ihre kalten Finger auf seiner heißen Haut machten ihn fast verrückt.

Mit einer ungeschickten Bewegung zog er das T-Shirt aus, während Carrie dasselbe mit ihrem Pullover tat.

Er sah fasziniert ihre milchig weiße Haut an, zeichnete mit seinen Fingerspitzen Muster darauf, strich über die roten BH-Träger, die einen scharfen Kontrast dazu bildeten.

Alles war so intensiv geworden: ihr Chanel Duft, ihr Geschmack auf seiner Zunge, ihr leises Stöhnen an seinem Ohr.

Er wollte sie spüren.

Er wollte mit ihr verschmelzen.

Er wollte sie nie mehr loslassen, für immer halten, ein Teil von ihr werden.

Für ihn hörte die Welt sich in diesem Moment zu drehen auf. Robert zog seine Jeans aus und beobachtete mit glänzenden Augen, wie Carrie Ihre ebenfalls auf den Boden warf.

Die Unterwäsche umschlang ihren zierlichen Körper und schien sich leuchtend von der blassen Haut abzuheben.

Seine Lippen wanderten über ihre Brust, ihren Bauch, hinunter zu ihrem Slip, den er ihr langsam auszog. Carrie blieb vollkommen ruhig liegen und nur ihr rasches Atmen zeigte ihm, wie erregt auch sie war.

Robert war vorsichtig. Er behandelte sie wie eine Porzellanpuppe, die jederzeit zerbrechen könnte. Und so ähnlich war es ja auch.

Er wusste, wie wichtig dieses Erlebnis für Mädchen, für Carrie war. Und er wollte, dass es für sie so schön wie möglich wurde.

Seine genauen Gedanken waren, dass er ihr den Himmel schenken wollte. Mitsamt den Sternen, der Sonne und dem Mond.

Während Neil Diamond von vergangenen Liebesbeziehungen sang, erlebte Robert etwas, dass er nie wieder vergessen sollte und dass ihm jedes Mal einfallen sollte, wenn er das Wort Liebe hörte.

Nach einer scheinbaren Ewigkeit war es vorbei, die Ekstase schwand und machte Befriedigung Platz. Die Hitze klang ab und ein wolliges Gefühl der Wärme blieb.

Nackt lagen Robert und Carrie nebeneinander auf dem Wohnzimmerteppich und sahen sich an.

„Ich liebe dich", sagte er und sah in ihre blauen Augen, die von den geschwollenen Lidern halb verdeckt wurden.

„Du hast mich gerettet." murmelte sie verwundert, schon so gut wie eingeschlafen. „Du hast mich wirklich gerettet..."

Die Platte endete zusammen mit Roberts Erinnerung.

Er sah auf das Weinglas, das mittlerweile leer war und überrascht stellte er fest, dass er einen Weingeschmack im Mund hatte. Und noch etwas stellte er fest. Er war erregt.

So unmöglich es auch schien, dass man durch etwas erregt werden konnte, dass schon so viele Jahre zurück lag, es war ihm passiert.

Er wartete geduldig, bis die Erregung abgeklungen war, lehnte sich dann zurück und dachte nach. Vermutlich war es etwas makaber, dass er zum ersten Mal mit Carrie geschlafen hatte, nachdem er ihr zum ersten Mal das Leben gerettet hatte. Aber vielleicht hatte das einfach sein müssen. Wenn er nur ihr Leben gerettet hätte und danach nicht mit ihr geschlafen, dann hätten sie irgendetwas anderes tun müssen. Er hätte sie gefragt, warum sie das versucht hat, und sie hätte gesagt, dass sie ihr Leben hasst und er keine Ahnung davon hat, wie es ist, solche Schmerzen ertragen zu müssen. Er hätte gesagt, dass er immer für sie da ist und dass sie mit ihm über alles reden kann. Und sie hätte gelacht – ihr schrecklich hohes Lachen, das nichts mit dem Lachen auf dem Dachboden gemein hatte – und erwidert, dass sie auf sein Mitleid gut verzichten kann.

Dann wäre sie gegangen und hätte ihn allein gelassen.

Und das wäre es gewesen.

Also konnte man es doch gut nennen, dass er mit ihr geschlafen hatte. Dass sie miteinander geschlafen hatten. Denn sie hatte es ja auch gewollt und getan.

Letztendlich hatte es nichts gebracht und auch nichts verhindern können, aber damals war es richtig gewesen.

Und er fand es auch heute noch richtig.

Als er Carrie gesagt hatte, dass er sie liebt, da hatte er es wirklich so gemeint. Das sie ihm daraufhin nicht gesagt hatte, dass sie ihn auch liebte, hatte ihn nicht verletzt. Sie war müde gewesen, sie hatte gerade einen Selbstmordversuch hinter sich, sie hatte gerade ihr erstes Mal erlebt. Es war klar, dass sie sich in so einem Moment nicht darauf konzentrierte, was sie für ihn empfand. Außerdem war sie immer noch verwundert gewesen, dass er sie gerettet hatte. Wenn ihn etwas an ihrem Verhalten verletzt hatte, dann das. War ihr nicht klar gewesen, dass er sie retten würde? Hatte sie angenommen, dass er sie da sterbend auf dem Wohnzimmerboden liegen lassen würde? Konnte sie so etwas von ihm denken?

Er wusste es nicht. Und jetzt würde sie ihm auch nie mehr Antworten auf diese Fragen geben können.

Seufzend schloss er die Augen und sofort durchbrach ein Bild seine Gedanken.

Ein dünner Blutfilm, der sich auf ihren Schenkeln abzeichnete.

Verdammt! Es zog sich durch ihr ganzes Leben!

Als sie das erste Mal ihre Periode bekommen hatte, als er zum ersten Mal mit ihr geschlafen und ihr Jungfernhäutchen durchtrennt hatte und dann das nächste Ereignis, bei dem Blut auf ihren Schenkeln war...

Robert hörte eine Tür ins Schloss fallen, dann hastige Schritte, die Treppe hinauf. Er sah, wie sich die Klinke der Badzimmertür nach unten drückte, aber die Tür ging nicht auf, weil er sie abgesperrt hatte.

Er erwartete, dass Jemand fragen würde, wie lange er noch braucht, aber stattdessen entfernten sich die Schritte und eine andere Tür wurde geöffnet und geschlossen. Er nahm an, dass es sich bei diesem Jemand um Carrie handelte.

Sie war als Einzige von ihnen Vier heute Abend weggegangen und konnte infolgedessen auch die einzige von ihnen sein, die jetzt nach Hause kam.

Eilig putzte er sich die Zähne fertig und ging aus dem Badezimmer zu Carries Zimmertür. Er wollte unbedingt erfahren, wie ihr Date gelaufen war.

Auf sein Klopfen reagierte sie nicht und so machte er einfach die Tür auf. Eigentlich war das nicht seine Art und auch nicht die von irgendeinem anderen hier im Haus, deswegen hatte auch keiner von ihnen einen Zimmerschlüssel.

Aber diesmal machte er eine Ausnahme, weil er seine Neugier einfach nicht bezähmen konnte. Und auch seine Eifersucht nicht.

Als er eintrat fielen ihm als erstes die Klamotten auf, die verstreut auf dem Boden lagen. Darunter auch ein Slip. Ein weißer Slip, auf dem rote Flecken waren.

„Carrie?" fragte er, den Blick immer noch auf die Unterwäsche gerichtet.

„Lass mich in Ruhe." kam es aus einer Ecke, unter einem Berg von Bettwäsche hervor.

„Was ist denn los? Wie war es mit dem Typen?" fragte er und stellte sich vor Carries Versteck.

„Lass mich in Ruhe." wiederholte sie, diesmal etwas schwächer.

Kurzerhand zog er ihr das Bettzeug weg. Ihr Anblick traf ihn wie ein Schlag in den Magen. Nicht, weil sie nackt war. Sondern weil sie vollkommen zerkratzt war. Über ihre Arme, ihren Bauch, ihre Beine zogen sich lange rote Striche. An manchen hingen Blutstropfen.

„Geh weg!" schluchzte sie. „Geh weg! Verschwinde!"

„Was ist passiert?" fragte er und sank auf die Knie, weil seine Beine unter ihm nachgaben.

„Nichts! Lass mich in Ruhe! Verschwinde! Ich will dich nicht sehen!"

Und in diesem Moment sah er das Blut auf ihren Schenkeln.

Sein Blick ging zwischen dem blutbefleckten Slip und ihren Beinen hin und her. Unglaublicher Hass explodierte in ihm.

„Was hat er mit dir gemacht?"

„Nichts. Er hat nichts gemacht. Er..."

„Was hat dieser gottverdammte Hurensohn mit dir gemacht?" schrie er.

Ihr Körper wurde von einem erneuten Schluchzen geschüttelt und seine Wut wurde schwächer. Die Schmerzen wegen ihren Schmerzen überwogen in diesem Moment und er hielt sie.

Hielt sie so lange, bis sie nicht mehr weinte und nicht mehr schluchzte.

„Was hat er gemacht?" fragte er wieder, aber diesmal sanft.

„Ich wollte das nicht...", flüsterte sie und sah ihn aus großen Augen flehend an. Es schien ihr unglaublich viel daran zu liegen, dass er ihr glaubte.

Robert nickte und sagte: „Ich weiß."

„Er... Er hat gesagt, dass ich es machen muss. Ich kann nicht so einen Rock anziehen und behaupten, ich hätte nicht vorgehabt, ihn anzumachen und...Es ist meine Schuld, hat er gesagt. Ich hatte Angst. Ich hatte solche Angst. Ich wollte doch nicht, dass er mir etwas tut! Ich hatte doch nur Angst..."

„Ganz ruhig." murmelte er und strich ihr über den Kopf.

„Es hat weh getan... Und ich wollte schreien, aber ich konnte nicht. Ich konnte es nicht. Ich wollte sagen, dass er aufhören soll, aber mein Hals war... Er war zu. Ich habe geglaubt, dass ich keine Luft mehr kriege. Ich dachte, ich ersticke und ich habe sie gesehen... Ich habe sie wieder gesehen und ich habe mir gesagt, dass es meine Strafe ist. Weil ich mich so benommen habe und weil ich diese Sachen angezogen habe..."

„Wen hast du gesehen?", fragte er, so sanft wie vorhin.

Carrie hob den Kopf, sah ihn mit leeren (so verdammt leer!) Augen an und sagte: „Die Langoliers. Ich habe die Langoliers gesehen. Sie sind nicht weg. Sie sind da. Sie waren die ganze Zeit da. Sie haben mich damals unten bluten lassen. Und jetzt haben sie mich wieder da unten bluten lassen. Weil ich bestraft werden musste. Weil ich mich nicht so verhalten dürfte. Ich wusste das, aber ich dachte sie wären weg. Ich dachte doch, dass sie weg wären!"

Den letzten Satz sprach sie aus voller Verzweiflung aus.

„Die Langoliers..." wiederholte er langsam und merkte, dass ihm eine Gänsehaut über den Rücken lief.

Carrie hatte schon so lange nicht mehr über sie gesprochen, dass er sie schon ganz vergessen hatte.

Er hatte gedacht, dass es vorbei wäre. Dass es die Monster ihrer Kindheit gewesen wären. Aber jetzt waren sie wieder da.

Und er wusste, was das bedeutete. Er wusste besser als jeder andere, was dieser Hurensohn ihr angetan hatte. Er hatte sie nicht nur verletzt, er hatte auch die Langoliers wieder zum Leben erweckt.

Robert wusste nicht, wie lange es diesmal dauern würde, bis sie wieder weggehen würden. Oder ob sie überhaupt wieder weggehen würden.

„Er wird dafür büßen." sagte er leise. „Er wird dafür büßen, dass er dir das angetan hat."

„Was hast du vor?" fragte sie ängstlich. „Er hat die Langoliers auf seiner Seite. Er kann dir weh tun. Ich will nicht, dass sie dir weh tun. Sie sind mächtig. Sie sind so stark wie..."

„Keine Sorge. Ich werde aufpassen." beruhigte er sie.

„Ich habe schon meine Eltern wegen ihnen verloren. Ich will dich nicht auch noch verlieren." sagte sie leise und streichelte seine Hand, die ihre Hand hielt.

Einen Moment war er versucht, zu fragen, warum sie ihre Eltern wirklich verloren hatte. Aber dann ließ er es.

Wie gern Robert auch daran zweifeln würde; tief in seinem Inneren wusste er, dass Carrie davon überzeugt war, dass ihre Eltern von den Langoliers umgebracht worden waren.

So tierisch verrückt das auch klingen musste, es war so.

Er wusste nicht, wer ihr von den Langoliers erzählt hatte und sie auf diese Idee gebracht hatte, aber wer immer es auch gewesen war.

Robert hasste ihn so sehr, wie keinen anderen Menschen.

„Du machst ein Gesicht, als wolltest du mich umbringen." begrüßte David ihn, als er ins Wohnzimmer kam.

„Tut mir leid. Ich habe nur gerade an etwas gedacht."

„Das machst du ziemlich häufig, seit wir hier sein." meinte er und stellte die Einkaufstasche ab.

„Stört dich das?" fragte Robert belustigt.

„Nein. Mich würde nur interessieren, an was du denkst."

Einen Moment zögerte Robert, dann sagte er: „Du weißt doch, dass Carries Eltern gestorben sind, als sie noch klein war."

„Ja, ich habe mal davon gehört." bestätigte David.

„Sie hatten einen Autounfall." begann er, aber David unterbrach ihn: „Ich dachte, sie wurden umgebracht."

„Wie kommst du denn darauf?" fragte er überrascht.

„Ich glaub, Carrie hat mal so etwas gesagt."

„Ach ja... Das ist etwas anderes." winkte er ab. „Sie hatten einen Autounfall und beide waren sofort tot. Carrie war mit im Auto, aber sie hat es unbeschadet überlebt. Es war draußen auf der Landstraße. Die nächste Stadt war was weiß ich wie viele Meilen entfernt. Und sie war da draußen allein mit zwei Leichen, die ihre Eltern waren. Soweit ich weiß, hat sie versucht, die beiden zu retten. Die

Sanitäter haben später erzählt, dass sie Verbände aus Kleidung an den Leichen gefunden haben und Carrie war halbnackt und voller Blut. Kannst du dir vorstellen, wie das ist?

Ein kleines Mädchen, das seine Kleidung auszieht und sie um die Wunden der Leichen ihrer Eltern wickelt, um etwas zu retten, dass nicht mehr zu retten ist..."

„Hört sich entsetzlich an." sagte David und sank auf den Sessel neben der Couch.

„Ja. Das war es auch. Ich glaube... Ich glaube, sie hatte Wahnvorstellungen. Sie hat gedacht, dass dort... Wesen sind."

„Wesen?" wiederholte David fragend.

Robert schwieg. Er wusste nicht, warum er das gesagt hatte.

Er hatte sich doch geschworen, nicht mit David darüber zu sprechen, weil er es nicht verstehen würde.

Aber jetzt war auf einmal der Wunsch in ihm, alles rauszulassen.

Alles, was er über die Jahre für sich behalten und niemandem hatte erzählen können. Alles, was ihn nachts aufschrecken ließ und manchmal Alpträume bereitete.

Für diesen einen Moment war es ihm egal, wie David reagieren würde. Er wollte es nur endlich loswerden.

„Sie hat sie mir als Bälle beschrieben, die nur aus Fell und Zähnen bestehen und die kommen und schlechte Menschen auffressen. Menschen, die sich nicht richtig verhalten. Erst beißen sie dir nur ein Körperteil ab. Sie warten etwas, bis du den Schmerz kaum mehr ertragen kannst und dann fangen sie an, dich völlig willkürlich zu zerlegen und Stück für Stück aufzufressen. Und du erlebst es mit. Bis dein letztes Körperteil weg ist, spürst du die Schmerzen und siehst, wie sie ihre widerlichen kleinen spitzen Zähne in dein Fleisch rammen!" angewidert verzog David sein Gesicht. „Mein Gott..."

„Sie hat diese Wesen Langoliers genannt.

Keine Ahnung warum.

Ich weiß nur, dass sie dort draußen waren. Als sie als kleines Mädchen allein im Auto war mit den Leichen ihrer Eltern und in einem Blutbad stand, waren sie da. Und sie hat gesagt, dass sie ihre Eltern umgebracht haben. Weil diese sich falsch verhalten haben.

Und sie hat auch gesagt, dass die Langoliers sie auch umbringen wollten, aber damit warten wollten, bis sie etwas größer ist und mehr Fleisch zum Auffressen an sich hat.

Sie hatte unglaubliche Angst davor, dass sie eines Tages kommen und sie Stück für Stück essen würden." erzählte er leise.

„Robert...", sagte er mit gepresster Stimme. „Ist dir klar, was du da sagst? Das ist doch... purer Wahnsinn. Das sind Wahnvorstellungen. Das ist eine psychische Krankheit. Ein Trauma wahrscheinlich."

„Ich weiß." stimmte er zu.

„Hast du es jemals irgendjemandem davon erzählt?"

Robert schüttelte den Kopf.

„Aber warum nicht? Carrie brauchte Hilfe! Du hast gerade selbst gesagt, dass so etwas eine psychische Krankheit ist!"

„David, ich will ganz ehrlich sein. Ich weiß nicht, warum, aber ich will ehrlich sein. Ich habe es niemandem gesagt, weil ich damit zugegeben hätte, dass ich auch psychisch krank bin.“

„Was soll das heißen?“ fragte David und starrte ihn an.

„Das soll heißen, dass ich sie auch manchmal gesehen habe. Manchmal, wenn Carrie und ich nachts im Bett lagen und sie geweint hat und ich sie festgehalten habe, habe ich die Langoliers in einer dunklen Ecke gesehen. Nie so richtig. Ich habe immer nur einen Schatten gesehen oder ein Aufblitzen von Zähnen.

Wenn ich irgendjemandem erzählt hätte, was Carrie solche Angst machte, und dieser Jemand hätte gesagt, dass so etwas eine psychische Krankheit ist, dann hätte das für mich bedeutet, dass ich auch verrückt bin. Und ich wollte nicht, dass mir Jemand sagt, dass ich geisteskrank bin. Ich wollte das nicht hören!“

David nickte verständnisvoll.

„Aber... Ich hätte es tun müssen, oder?“ fragte er zweifelnd.

„Du hast nie mit Jemandem über Carrie geredet?“ stellte David eine Gegenfrage.

Robert wollte schon den Kopf schütteln, als ihm etwas einfiel.

Er hatte doch einmal versucht, mit Jemandem darüber zu reden...

„Mom? Hast du Zeit?“ fragte Robert zögernd.

„Ja. Was gibt's denn?“

„Es geht um Carrie...“ antwortete er und setzte sich gegenüber von seiner Mutter an den Küchentisch.

Außer ihnen war keiner da, weil Carrie und sein Vater ins Kino gegangen waren.

„Was ist mit ihr?" fragte sie.

„Ich glaube, es geht ihr nicht so gut."

Seine Mutter schaute ihn einen Moment abwartend an und, als er nicht weitersprach, sagte sie: „So weit ich weiß, hat sie gerade Liebeskummer. Das ist vollkommen normal in der Pubertät. Die Hormone spielen verrückt, der Körper verändert sich. Carrie wird langsam eine Frau."

„Ja, aber..."

„Ich verstehe ja, dass du dir Sorgen machst." unterbrach ihn seine Mutter. „Aber du bist doch selbst gerade in der Pubertät und müsstest doch wissen, wie schwierig diese Zeit ist.

Das mit Carrie ist vollkommen normal."

Robert verspürte auf einmal den Drang, aufzuspringen und zu schreien: „Ist es normal, dass sie sich die Arme mit einer Rasierklinge aufschneidet? Ist es normal, dass sie Schlaftabletten schluckt, weil die Langoliers sie nachts nicht in Ruhe lassen?

Ist es normal, dass sie tot sein will?

Ist es normal, dass ihre Augen nicht mehr leuchten? Ist es normal, dass..."

Natürlich sagte er nichts von alle dem.

Seine Mutter hätte ihn nur erschrocken angesehen und gesagt, dass er nicht solche Lügen erzählen soll und was ihm überhaupt einfällt.

Dabei mussten seine Eltern gut wissen, was Carrie alles machte. Schließlich lebten sie zusammen in einem Haus und die blutigen Taschentücher im Mülleimer waren für Jeden sichtbar, genauso wie die Packung Schlaftabletten, die neben dem Bett auf dem Nachttisch stand und am deutlichsten konnte man es an den Wänden von Carries Zimmer sehen.

Robert startete einen letzten Versuch: „Was hältst du von den Bildern, die Carrie aufgehängt hat?"

Ein Schatten huschte über das Gesicht seiner Mutter.

Nur für den Bruchteil einer Sekunde, aber es reichte aus, um ihm zu zeigen, dass sie die Poster genauso hasste wie er.

„Carrie ist kreativ." sagte sie schließlich und wich dabei seinem Blick aus.

„Ja. Man muss sehr kreativ sein, um Mädchenaugen zu malen, die Blut weinen. Und es gehört auch sehr viel Kreativität dazu, ein blondes Mädchen mit blauen Augen und roten Lippen zu zeichnen, das in einer Leichenhalle liegt." „Halte dich gefälligst zurück, junger Mann! Deine sarkastischen Bemerkungen kannst du dir sparen!" sagte sie scharf.

„Tut mir leid. Aber wenn es Jemandem gut geht, dann malt er doch nicht solche Bilder!" meinte er verzweifelt.

Die nächsten Sätze seiner Mutter zeigten ihm endgültig, dass sie genau wusste, dass etwas nicht stimmte.

„Du kannst genauso gutsagen, dass Jemand, dem es gut geht, nicht so eine Musik hört und sich nicht auf Friedhöfen fotografieren lässt und dass dieser Jemand auch keine Gedichte von Emily Dickinson auf seinen Arm schreibt!"

Einen Moment hielt sie inne, aber nicht lange genug, dass Robert etwas entgegnen konnte. „Mach dir bitte keine Sorgen. Du weißt, dass Carrie ihre

Eltern verloren hat. Sie braucht einfach Zeit, um damit umzugehen. Und sag jetzt bitte nicht, dass sie schon mehr als 5 Jahre Zeit hatte, damit umzugehen! Vielleicht braucht sie ihr ganzes restliches Leben, bis sie es geschafft hat..."

Dann stand sie auf und ging nach oben.

Er hatte sich wohl laut erinnert, denn David fragte: „Das war alles? Deine Mutter hat zugegeben, dass sie weiß, was Carrie alles macht und hat dazu nur gesagt, dass sie den Tod ihrer Eltern verkraften muss? Sonst nichts?"

„Sie konnte damit nicht umgehen. Deswegen hat sie es verdrängt. Ich glaube, jedes Mal, wenn irgendetwas war, hat sie sich eine plausible Erklärung bereitgelegt. Zum Beispiel wenn sie ein blutiges Taschentuch gefunden hat, hat sie sich gesagt, dass Carrie sich beim Rasieren geschnitten hat.

Sie wollte es einfach nicht wahrhaben." erklärte er ihm.

„Hast du nie wieder versucht, mit Jemand anders darüber zu reden?"

„Doch. Ich wollte mit meinem Vater reden. Aber das begann schon so mies, dass ich gar nicht erst weiter gemacht habe."

„Warum?" wollte David wissen.

„Ich bin zu ihm ins Arbeitszimmer und habe gesagt, dass ich mit ihm über Carrie sprechen muss. Er hat mich kurz angesehen und gesagt, dass es mir freigestellt ist, zu tun, was ich will. Aber ich soll ihn bitte nicht damit hineinziehen, sonst wäre er dazu gezwungen, etwas dagegen zu tun. Das war es."

„Was hat er damit gemeint? Wo sollst du ihn nicht hineinziehen?"

Robert hatte seinen Vater auch erst nicht verstanden, aber mittlerweile wusste oder ahnte er, was sein Vater damals gemeint hatte.

„Ich glaube, er hat darauf angespielt, dass meine Beziehung zu Carrie zu... intensiv ist." sagte Robert leise.

David sah ihn einen Moment verwundert an, dann flackerte Erkenntnis in seinen Augen auf.

„Du hast mit ihr... Du hast mit ihr..."

Robert nickte und vermied es, ihn anzusehen. Er versuchte seine Fassung wieder zu gewinnen und versuchte, möglichst neutral zu klingen, als er sagte: „Vom Gesetz her war es ja nicht verboten. Sie war nur deine Adoptivschwester."

„Sie war meine Schwester." murmelte Robert und ließ den Kopf noch weiter nach unten hängen.

„Warum?"

Die Antwort darauf war eine erneute Erinnerung...

Es war kurz nach Carries Ankunft in Roberts Familie. Sie war ein kleines, blasses Geschöpf, das fast nichts aß und alle mit einem todtraurigen Blick ansah.

Roberts Mutter hatte ihm gesagt, dass er versuchen sollte, sich mit ihr zu befreunden. Sie bräuchte jetzt einen Freund.

Robert war selbst noch ein kleiner Junge gewesen, aber er hatte verstanden, dass Carrie unglücklich war, und er wollte sie aufheitern.

Also kam er eines Nachmittags mit seinem Teddy in ihr Zimmer. Sie saß auf dem Bett, vor sich ausgebreitet die Fotos ihrer Eltern.

„Willst du mit mir spielen?" fragte er.

Carrie schüttelte stumm den Kopf.

Er setzte sich neben sie und sah auf die Bilder.

„Bist du das?" fragte er und zeigte auf ein Baby, das eine brünette Frau im Arm hielt.

Sie nickte.

„Ich war auch mal so klein."

Ihr Blick ging kurz zu seinem Gesicht, wandte sich aber sofort wieder nach innen.

„Bist du traurig, weil sie weg sind?"

„Ja." antwortete sie leise.

„Meine Eltern sind jetzt auch deine Eltern. Und ich bin auch da!

Ich bin dein Bruder!" erklärte er aufgeregt.

„Nein. Du bist nicht mein Bruder. Ich bin adoptiert."

Robert dachte einen Moment nach. Er war sich nicht sicher, was es bei dieser Geschwistersache für eine Rolle spielte, dass Carrie adoptiert war.

Sie schien ihm seine Gedanken angesehen zu haben, denn sie sagte: „Wir haben nicht das gleiche Blut."

„Warte!" rief er und lief aus dem Zimmer.

Nach einigen Minuten kam er freudestrahlend zurück, in der Hand sein kleines Taschenmesser.

„Wir werden Blutsbrüder!" verkündete er.

„Was ist das?" fragte sie.

Glücklich bemerkte er, dass in ihrem Blick Neugier lag.

„Pass auf! Ich schneide mir in den Daumen... So!"

Mit einer geschickten Bewegung – er tat das ja nicht zum ersten Mal – schnitt er sich in den Daumen. Sofort trat Blut aus der Wunde.

„Jetzt du." sagte er und streckte ihr das kleine Messer hin.

„Ich weiß nicht...“

Zögernd sah sie zwischen dem Blut auf seinem Finger und dem Taschenmesser hin und her. Sekunden vergingen während ihrer Blicke.

„Wenn du das machst, haben wir dasselbe Blut. Dann bist du meine Schwester und ich bin dein Bruder. Und dann gehören wir zusammen. Dann bist du nicht mehr adoptiert.“

Das schien sie zu überzeugen, denn sie nahm das Messer, setzte es an ihren Daumen und presste es in die Haut, ohne hinzusehen.

Als aus ihrer Wunde ebenfalls Blut kam, nahm Robert ihre Hand und drückte seinen Daumen gegen Ihren.

So standen sie mindestens eine Minute da.

Ihre Blicke trafen sich. Robert lächelte und – zum ersten Mal, seit sie hier war – lächelte auch Carrie.

„Mein Gott!“ rief Robert und sprang auf.

David zuckte zusammen und sah ihn überrascht an.

„Was?“

„Wie kann so etwas sein? Wie kann sie erst Angst davor haben, sich in den Daumen zu schneiden und ein paar Jahre später sich den ganzen Arm mit Rasierklingen aufschneiden, ohne mit der Wimper zu zucken? Wie kann so etwas sein?“

„Sie hat sich eben verändert.“ meinte David schulterzuckend.

„Ich weiß. Das ist es ja! Hätte ich irgendetwas anders machen sollen? Hätte ich mich von Anfang an anders verhalten sollen? Wäre sie dann nicht so geworden? Ist es meine Schuld?“

„Ich glaube nicht, dass du ihr Verhalten groß hättest beeinflussen können, wenn du irgendwas anders gemacht hättest. Vielleicht war es auch ihre eigene Schuld. Schon mal daran gedacht?"

„Ihre Schuld?" wiederholte Robert argwöhnisch. „Inwiefern?"

„Ihr war doch sicher selbst klar, dass es nicht normal ist, sich selbst zu verletzen und tot sein zu wollen. Aber trotzdem hat sie es getan. Gut, sie hatte sicher ihre Gründe dafür. Nehmen wir mal aber an, dass sie eigentlich leben wollte und es nur nicht konnte, weil ihr Leben oder was auch immer so schrecklich war.

Warum hat sie sich dann nicht Hilfe gesucht, um ihr Leben zu ändern und... Na ja, eben leben zu können. Hat sie irgendwann versucht, ihre Probleme zu lösen, statt sie zu verdrängen?"

„Nein." gab Robin zu. „Hat sie nicht. Wenn ihr irgendetwas nicht passte, hat sie nicht versucht, das zu ändern. Sie hat sich zurückgezogen und ihre Enttäuschung, ihren Schmerz in noch größere Schmerzen umgewandelt."

„Siehst du! Meiner Meinung nach wollte sie sich gar nicht helfen lassen!" rief David.

„Sie hat mich so angeschaut...Sie hat mich so flehend angeschaut. Sie wollte, dass ich ihr helfe, weil sie es allein nicht schafft. Aber ich habe ihr nicht geholfen. Oder? Ich habe nicht..."

„Robert! Hör auf dir Vorwürfe zu machen! Du hast ihr geholfen! Du warst für sie da, wenn sie dich brauchte! Wenn du nicht gewesen wärst, dann wäre sie vielleicht noch viel früher gestorben!"

„Ja. Aber ich konnte es nicht verhindern. Am Ende konnte ich es doch nicht mehr verhindern. Das ist es doch! Meinetwegen habe ich ihr tausend Mal das Leben gerettet, aber beim entscheidenden letzten Mal war ich nicht da! Und das hat es ausgemacht!"

„Woher hättest du es denn überhaupt wissen sollen, dass..."

„Sie hat mich gebraucht." sagte er, ohne auf David zu hören. „Sie hat mich wirklich gebraucht. Sie hat es nicht gesagt, aber ich habe es in ihrer Stimme gehört. Aber ich habe mir eingeredet, dass ich mir das nur einbilde und bin zu meinem Sohn gegangen, anstatt zu ihr zu fahren. Wenn ich mich ins Auto gesetzt und zu ihrer Wohnung gefahren wäre, hätte ich sie vielleicht noch retten können! Verdammt, ich bin mir sogar sicher, dass ich sie hätte retten können! Aber ich bin nicht gefahren! Ich bin nicht..."

„Robert!" schrie er und rüttelte ihn an den Schultern.

„Hör auf damit! Hör endlich auf damit! Das ist krank! Bist du denn jedes Mal aufgesprungen und zu ihr gefahren, wenn sich ihre Stimme komisch angehört hat?"

„Ihre Stimme hat sich angehört, als ob sie mich braucht." korrigierte er.

„Meinetwegen. Also, bist du jedes Mal zu ihr gegangen, wenn sich ihre Stimme angehört hat, als ob sie dich braucht?"

„Ja. So gut wie immer." antwortete Robert blitzschnell.

David sah ihn unsicher an, als wollte er etwas sagen, schwieg dann aber doch.

„Was ist?" hakte er nach.

„Ich... Nein. Vergiss es."

David schüttelte den Kopf.

Robert wusste in dem Moment keine Antwort.

„Das ist purer Schwachsinn. Reden wir von was anderem."

„Du kannst es mir ruhig sagen. Ich habe dir auch ziemlich viel erzählt, was ich dir eigentlich nicht erzählen wollte."

„Es geht um deine Ehe und deine Scheidung."

„Was ist damit?" fragte Robert freundlich, obwohl er eigentlich nicht die geringste Lust hatte, darüber auch noch nachzudenken.

„Weißt du, warum sich Amy von dir hat scheiden lassen?"

„Sie hat mich nicht mehr geliebt." meinte er.

„Sie hat dich noch geliebt. Sie konnte nur nicht damit leben, dass du sie nicht liebst. Lieber wollte sie sich von dir trennen, als so weiterzumachen." erklärte David.

„Als so weiterzumachen?" echote Robert wütend. „Du tust so, als hätte sie die Hölle mit mir durchgemacht! Ich habe sie nicht geschlagen, ich habe sie nicht angeschrien, ich..."

„Das war es. Du hast nichts getan. Sie war dir egal."

„War sie nicht." widersprach Robert.

„Wenigstens war sie dir nicht so wichtig wie Carrie."

Wie konnte er etwas gegen David sagen, wenn dieser die Wahrheit sagte? Wie konnte er ihn einer Lüge bezichtigen, wenn es keine Lüge war?

„Ich erinnere mich da noch ziemlich gut an Amys 30sten Geburtstag. Wochenlang habt ihr alles vorbereitet, den Garten geschmückt, das Essen ausgesucht und bestellt, Kellner gemietet, Wagenladungen voller Sektflaschen gekauft, unzählige Einladungen verschickt..."

„Das weiß ich selbst noch." murmelte er missmutig.

„Und dann war der große Abend gekommen!"

Amy rannte durch das ganze Haus, kontrollierte alles noch mal und zupfte unruhig an ihren perfekt frisierten Haaren.

Robert saß wesentlich ruhiger im Wohnzimmer und sah sich ein Footballspiel an.

Die Türklingel veranlasste ihn dazu, den Fernseher auszuschalten und die ersten Gäste in den Garten zu bitten. Dort war alles dekoriert mit Luftballons, Luftschlangen, Girlanden und Blumen.

Um 08:30 Uhr waren so ziemlich alle Gäste eingetroffen, bis auf Carrie. Immer wieder warf Robert einen ungeduldigen Blick auf die Uhr und schaute zum Fenster hinaus, ob er ihren Wagen irgendwo auf der Straße sehen konnte.

„Liebling, wir sollten jetzt den ersten Gang servieren." sagte seine Frau. „Sonst wird das Essen noch kalt."

„Was ist nur mit Carrie los?" fragte er, ohne auf Amys Bemerkung zu achten.

Er griff zum Telefonhörer und gab schon zum 20sten Mal an diesem Abend ihre Nummer ein. Wieder nahm keiner ab. „Irgendetwas stimmt da nicht." sagte er, nahm seine Jacke und den Autoschlüssel und wollte gerade zur Haustür raus, als Amy seinen Namen rief.

„Keine Sorge, ich bin gleich wieder da." sagte er. „Ich fahr nur schnell zu Carries Wohnung und schau nach, was los ist. Fang schon mal ohne mich an."

Und weg war er.

Als er kurz nach Mitternacht wieder heimkam, war das Essen gegessen, die Geschenke ausgepackt und die Gäste waren wieder nach Hause gefahren.

Amy saß mit verschränkten Armen auf einem Gartenstuhl und starrte mit zusammengezogenen Augenbrauen in den Himmel.

„Tut mir leid. Es hat doch etwas länger gedauert. Sind die Gäste schon alle weg?" fragte Robert, völlig unnötigerweise, denn er hatte schon in der Einfahrt gesehen, dass keinerlei Autos mehr dastanden.

„Ja, das sind sie allerdings. Genauso wie das Essen und der Partyservice. Aber keine Sorge, ich habe dir etwas aufgehoben.

Nur dürfte es mittlerweile schon etwas kalt sein." zischte sie.

„Hey, es tut mir echt leid. Aber ich konnte nicht früher zurückkommen." sagte er und legte ihr einen Arm um die Schulter.

Sie machte sich von ihm los und funkelte ihn aus braunen Augen zornig an. „Warum? Warum konntest du nicht früher zurückkommen? Hat Carrie dich in ihrer Wohnung eingesperrt?"

„Nur zu deiner Information, sie hat heute ihren Job gekündigt."

Amy fragte unbeeindruckt: „Ach wirklich? Wieso? Hat sie festgestellt, dass Kellnerin unter ihrem Niveau ist?"

„Ihr Chef hat sie sexuell belästigt." antwortete er scharf.

Sie stieß ein kaltes, hohes Lachen aus.

Dann sagte sie herausfordernd: „Glaubst du das wirklich?"

„Ja, ich glaube das wirklich." entgegnete er trocken.

„Robert! Was ist eigentlich mit dir los? Bist du blind? Hast du jemals gesehen, wie Carrie mit ihrem Chef rummacht? Was für Blicke die sich zuwerfen? Wenn er sie sexuell belästigt hat, dann hat sie ihn aber sicher auch sexuell belästigt!"

Ihm blieb für einen Moment der Mund offenstehen.

Amy nutzte sein Schweigen, um noch hinzuzufügen:

„Aber ist doch völlig egal, oder? Selbst wenn Carrie gesagt hätte, dass sie sich einen Fingernagel abgebrochen hat, wärst du bei ihr geblieben und hättest ihre Hand gepflegt."

„Was soll das heißen?" fragte er und fixierte sie mit einem kalten Blick.

Amys Fassung war völlig verloren und sie schluchzte:

„Du liebst Carrie! Du liebst sie so sehr, dass du lieber den Abend bei ihr verbringst, als mit mir und unseren Freunden meinen Geburtstag zu feiern! Gib es doch zu!"

„Willst du mir unterstellen, dass ich dich betrüge?"

„Ich weiß es nicht. Vielleicht betrügst du mich körperlich. Seelisch auf jeden Fall. Und Carrie weiß das und nutzt es aus."

„Wenn du es noch einmal wagst, so von Carrie zu reden, dann..."

„Was?" fragte Amy und wieder klang eine Spur von Herausforderung in ihrer Stimme mit. „Willst du mich schlagen?"

„Ich würde dich niemals schlagen." sagte Robert.

„Ich glaube, Carrie könnte dich dazu bringen, alles zu tun."

Er starrte sie wütend an, drehte sich dann um und ging.

„Wo gehst du hin?" rief Amy ihm nach.

„Ich schlaf heut nach in einem Motel!" schrie er und knallte die Tür hinter sich zu.

„Hast du eigentlich wirklich in einem Motel geschlafen?"

„Ja. Wo hätte ich denn sonst übernachten sollen?"

„Bei Carrie." antwortete David prompt.

„Nach diesem Gespräch konnte ich nicht zu Carrie."

„Warum nicht?"

Robert dachte lange nach, bevor er antwortete: „Ich glaube, ich musste erst mal verdauen, was Amy gesagt hatte. Ich hatte Angst davor, dass sie Recht hat. Schon seit längerem hatte ich mich gefragt, ob ich Amy gefühlsmäßig betrüge und als sie das dann selbst gesagt hat, ist bei mir eine Sicherung durchgebrannt. Es war so, als hätte sie alle meine Fragen genommen und darunter ein fettes **JA** geschrieben!"

„Hast du Amy während eurer Ehe betrogen? Ich meine, körperlich."

„Vielleicht sollten wir nicht darüber reden. Schließlich bist du mit Amy befreundet." wandte Robert ein.

„Mit dir bin ich auch befreundet. Wenn du dir Sorgen machst, das ich Amy etwas erzählen könnte, dann..."

„Nein. Ich denke, du würdest Amy nichts erzählen. Aber was ist, wenn sie dich mal danach fragt? Du müsstest sie anlügen."

„Sie fragt mich aber nie nach dir." meinte David.

„Nein?" fragte Robert und suchte nach einem Stich in seinem Herz oder sonst irgendeinem Schmerz, aber nichts kam.

„Nein. Also sag! Hast du Amy körperlich betrogen?"

„Ja. Ja, das habe ich. So sehr ich mich auch dafür schäme, ich habe es getan." seufzte er.

„Mit wem? Warte mal, lass mich kurz raten! Carrie!"

„Das war ja jetzt nicht besonders schwer."

„Nein. Ich glaube, du hast in deinem Leben, nur mit zwei Frauen geschlafen. Carrie und Amy."

Er warf David einen amüsierten Blick zu, der besagte, dass das nicht so ganz stimmte.

„Wie oft?" fragte David.

„Wie oft ich schon mit einer Frau geschlafen habe?" fragte Robert verdutzt.

„Nein. Wie oft du Amy betrogen hast." sagte er ungeduldig.

„Ich wollte sie eigentlich nicht betrügen." erklärte Robert, ohne auf Davids Frage zu achten. „In dem Moment, als ich es getan habe, kam es mir so vor, als wäre es nur eine Sache zwischen Carrie und mir. Als wären wir in unserer eigenen Welt, wo nur wir beide sind und sonst keiner. Als hätte das, was wir dort machen, keinen Einfluss auf die anderen Bereiche unseres Lebens."

„Ich glaube, ich verstehe dich. Es war immer so, oder? Immer wenn du mit Carrie zusammen warst, hast du den Rest deines Lebens vergessen. Nur noch sie war da."

„Ja. So ungefähr war es." bestätigte Robert.

„Wie war es das erste Mal, als du Amy betrogen hast? Ist es da einfach so passiert oder..."

„Nein, es ist nicht einfach so passiert. Es war anders...“

Robert lag auf Carries Bett und schaltete sich durch ein langweiliges Fernsehprogramm, während sie im Bad war und sich umzog.

„Wie lang dauert das denn noch?“ rief er und sah auf die Uhr.

Wenn sie jetzt nicht bald gehen würden, würde ihre Tischreservierung dann endgültig gestrichen werden.

„Ich bin zu fett für das Kleid!“ rief Carrie zurück.

„Blödsinn!“ sagte David und ging zur Badezimmertür.

„Du bist eher zu dünn dafür!“

Die Tür wurde aufgemacht und Carrie stand ihm in Unterwäsche gegenüber.

„Du hast es ja noch nicht mal angezogen.“ sagte er überrascht.

„Ich hatte es schon an, aber ich bin zu fett dafür. Deshalb habe ich es wieder ausgezogen.“ erklärte sie.

„Sieh dich doch mal an!“ rief David und zog sie zum Spiegel.

„Und jetzt sag mir mal, was du siehst.“

Sie betrachtete eingehend ihr Spiegelbild und sagte: „Ich sehe zwei Augen, die von geplatzten Adern durchzogen sind, ausgedünnte und kaputte Haare, ein aufgequollenes Gesicht, herunterhängende Brüste, einen schwabbelnden Bauch und Oberschenkel, die aussehen wie Trichter!“

„Um Gottes Willen! Du leidest unter einer Sehstörung! Soll ich dir mal sagen, was ich sehe? Ich sehe seidiges Goldhaar, wunderschöne blaue Augen, eine Milchhaut, geschmeidige junge Brüste,

Rippen, die sich abzählen lassen, weil kein Fett drauf ist und dazu zwei lange, verführerische Beine!"

„Komisch das du der Einzige bist, der das sieht." sagte sie.

„Alle Männer sehen das so." widersprach er.

„Mein Mann hat das nicht so gesehen. Sonst hätte er sich nicht von mir scheiden lassen." entgegnete sie missmutig.

Robert schwieg.

Er wusste nicht, warum sich ihr Mann von ihr hatte scheiden lassen. Obwohl... Er ahnte es, aber er wollte lieber nicht zu genau darüber nachdenken.

„Vergiss diesen Idioten! Der hat dich sowieso nicht verdient!"

„Ich bin hässlich." sagte Carrie und starrte in den Spiegel, als würde sie dort ein Monster sehen.

„Wenn du wirklich hässlich wärst, dann wäre ich doch jetzt nicht bei dir, oder?" witzelte er.

„Was hat deine Anwesenheit mit meinem Aussehen zu tun?

Außerdem, seit du mit Amy verheiratet bist, schaust du mich kein einziges Mal so an, wie früher. Sie ist so schön..."

„Du bist auch schön. Komm! Nur weil ich verheiratet bin, heißt das nicht, dass ich dich nicht mehr schön finde! Ich finde dich immer noch wunderschön! Du bist immer noch mein Engel!"

„Wirklich?" fragte sie zaghaft.

„Ja!" antwortete er bestimmt und nahm sie in die Arme.

Carrie presste sich an ihn. Ihre Brüste, die nur von ein bisschen Stoff umhüllt wurden, rieben sich an seinem Hemd, ihr Slip berührte seine Hose.

Er spürte, wie die seelische Erregung ihn überflutete.

Ohne lange Nachzudenken, zog er sich aus und sie beide sanken nackt auf das große Bett, das in der Mitte von Carries Schlafzimmer stand.

„Wow!" sagte David beeindruckt. „Sie braucht dich nur in Unterwäsche zu umarmen und du wirst scharf auf sie? Nicht schlecht! Bei mir hätte das höchsten die Bardot geschafft!"

„Sehr witzig." meinte Robert ironisch.

„War sie wenigstens danach davon überzeugt, dass sie schön ist?"

„Hm... Sie hat gar nicht mehr davon gesprochen. Sie muss die ganze Sache wohl vergessen haben. Oder sie war endlich davon überzeugt. Keine Ahnung."

„Was hast du denn danach getan?" fragte er gespannt. „Bist du einfach so zu Amy zurückgefahren und hast so getan, als wäre nichts passiert? Ganz kaltblütig!"

„Nein. Ich bin mit Carrie in ein Restaurant gegangen, das unsere Tischreservierung gestrichen hatte. Zufrieden?"

„Ja, und wie ging es dann weiter? Jetzt spann mich doch nicht so auf die Folter!" rief David.

„Wir sind zu einem anderen Restaurant gegangen und haben dort gegessen. Danach sind wir auf die Toilette und haben es dort miteinander getrieben, bis der Präsident der Vereinigten Staaten von Amerika reingekommen ist und gesagt hat, dass wir damit unbedingt aufhören sollen." erzählte er kurz und trocken.

„Okay, du willst mir nicht sagen, was ihr gemacht habt."

„Wir haben gar nichts gemacht! Carrie ist eingeschlafen und ich bin nach Hause gegangen und hab mich ins Schlafzimmer geschlichen. Am nächsten Morgen habe ich versucht, mich so normal wie möglich Amy gegenüber zu benehmen. Fiel mir eigentlich auch leicht. Schließlich habe ich das, was ich getan habe, nicht als irgendein Betrug angesehen."

„Also das ist doch...", begann David, fand aber kein passendes Wort, das seinen Gefühlen gerecht wurde.

„Wie kommt es eigentlich, dass ich hier sitze und dir das erzähle?

Ich wollte doch eigentlich den ganzen Krempel hier ausmisten!"

„Ach ja... Genau. Bist du damit nicht schon fertig?"

„Ich habe noch nicht mal damit angefangen." seufzte Robin.

„Überall wo ich hingehe, überkommen mich Erinnerungen an Carrie."

„Wirklich? Das ist interessant. Okay, komm mal mit. Das muss ich auch mal ausprobieren."

David zog ihn in die Küche und sah ihn aufgeregt an.

„Wartest du auf was Bestimmtes?" fragte Robert schließlich.

„Welche Erinnerung kommt hier in dir hoch?" Robert sah sich in dem großen Raum um, der wohl am meisten von der Zeit beschädigt worden war. Die weiße Wand war grau, der graue Fußboden schwarz, die Fenster verschmutzt.

„Du kannst mich doch nicht in einen Raum bringen und dann verlangen, dass auf Knopfdruck eine Erinnerung aus mir hüpft!"

„Warum nicht?“ fragte David enttäuscht.

„Ich brauche einen Gegenstand. Einen Geschmack, einen Geruch oder ein Lied. An irgendetwas hängen meine Erinnerungen ja.“

„Hm...“, machte David und sah sich im Raum um.

„Wie wäre es mit Alkohol?“

„Was?“ fragte Robert, in der Annahme, sich verhört zu haben.

„Carrie hat doch getrunken, oder? Und deine Eltern hatten hier irgendwo so was wie eine Minibar, wenn ich mich recht erinnere.“

„In dem Schrank da hinten.“ sagte Robert und deutete darauf.

„Also! Du hast den Schrank voller Alkohol und du hast Carrie! Was fällt deinem Gedächtnis dazu ein?“

Robert wollte gerade sagen, dass er kein Roboter war, als sein Gedächtnis wirklich eine Erinnerung ausspuckte.

„Wie mixt man eine Bloody Mary?“

„Keine Ahnung. Ich nehme aber an, dass man dazu Tomaten braucht.“ sagte Robert und sah sich die Flaschen an, die auf dem Fußboden verteilt standen.

„Das weiß ich auch. Wodka und Tomatensaft, oder?“

„Da weißt du mehr als ich.“ sagte er stirnrunzelnd.

„Sag mal, was willst du mit dem ganzen Alkohol machen?“

„Trinken auf jeden Fall nicht. Das würde deinen Eltern sicher auffallen, oder?“ meinte sie mit einem spöttischen Lächeln.

„Ja, vermutlich.“ sagte er und versuchte, nicht auf den Schmerz in seiner Brust zu achten.

„Was ist los? Warum machst du so ein Gesicht?“ fragte sie.

„Ich mache überhaupt kein Gesicht!“ protestierte er.

„Natürlich! Es ist wegen deinen Eltern, oder? Du kannst es nicht verkraften, dass sie deine Eltern sind und nicht meine!“

„Warum sagst du immer, dass sie meine Eltern sind? Du gehörst zu unserer Familie! Es sind auch deine Eltern!“

„Meine Eltern sind tot.“ sagte sie und ein Schleier senkte sich vor ihre Augen.

„Ein Argument, gegen das ich einfach nicht ankomme.“ murmelte er wütend.

„Willst du einen Schluck?“

„Willst du jetzt etwas trinken?“ fragte er, völlig entgeistert.

„Ja, das hatte ich vor.“

„Aber das kannst du nicht! Mom kommt jetzt dann von der Arbeit zurück und wenn sie sieht, dass du getrunken hast, dann...“

„Was dann?“ unterbrach sie ihn scharf.

„Wird sie mich anschreien? Mir Hausarrest geben? Den Alkohol wegsperren? Oder wird sie mich vielleicht einfach nur traurig ansehen und ins Schlafzimmer gehen, um ein Aspirin zu schlucken?“

„Sie ist enttäuscht von dir, wenn du so etwas tust. Weißt du das? Oder denkst du, dass es ihr egal ist?“

„Ja, das denke ich.“ sagte Carrie kühl.

„Sie liebt dich. Ist dir das klar?“

„Ach, bitte!“ rief sie und verdrehte die Augen.

„Willst du mich mit Gefühlen ködern? Tut mir leid, aber das schaffst du nicht. Ich bin viel zu gefühllos, um darauf einzugehen.“

Robert sah sie an und für einen Moment sah er nicht seinen kleinen Engel Carrie, sondern eine Alkohol trinkende, bunt angemalte, selbstmordgefährdete Schlampe.

So schnell dieser Eindruck gekommen war, so schnell ging er auch wieder.

„Bitte tu mir einen Gefallen und trink jetzt nichts. Okay?"

Carrie sah ihn mit einem merkwürdigen Funkeln in den Augen an. Ihre zerbissenen Lippen formten lautlose Worte.

Sie stellte die Flasche, die sie in der Hand hielt, auf den Tisch und lächelte dann.

Robert glaubte, so etwas wie Erleichterung in ihrem Lächeln erkennen zu könne.

„Glaubst du, ich sollte mir dieses rote Gucci Kleid kaufen?", fragte sie aufgeregt und vollkommen zusammenhangslos.

Es passierte oft, dass Carrie ohne ersichtlichen Grund von einem Thema zum anderen sprang, aber trotzdem brauchte Robert immer etwas Zeit, bis er wieder kapiert hatte, um was es eigentlich ging.

„Du hast darin echt gut ausgesehen. Aber ich denke mal, dass es etwas zu teuer ist, oder?"

Sie schüttelte den Kopf und sagte entschieden: „Nein. Definitiv nicht."

„Carrie... Ich habe den Preis gesehen. So viel Geld wird dir Mom nie geben", widersprach er.

„Wer sagt denn, dass ich Geld von deiner Mom will? Ich habe selbst genug, um mir das Kleid leisten zu können. Hier!"

Sie fasste unter ihr Oberteil und als ihre Hand wieder zum Vorschein kam, hielt sie Geldscheine fest.

„Warum bewahrst du dein Geld in deiner Unterwäsche auf?", fragte Robert.

„Da ist es sicher." meinte sie, ohne näher darauf
einzugehen. Er nahm ihr die Scheine aus der Hand
und begann, zu zählen. Irgendwann hörte er auf
und starrte sie misstrauisch an.

„Okay, was soll das? Woher hast du denn so viel
Geld?"

„Soll ich dir ein Geheimnis erzählen? Man kann
aus der Dummheit von Männern Gewinn schlagen."
kicherte sie.

„Und wie genau machst du das?"

„Ich weiß nicht, ob ich dir das sagen soll. Du hast
immer Probleme damit, wenn man etwas Illegales
tut. Ich weiß zwar bis heute nicht, warum das so ist,
aber es ist so."

„Jetzt sag schon!" forderte Robert sie auf.

„Okay. Aber nur wenn du versprichst, dich nicht
aufzuregen."
„Ich verspreche es." sagte er ungeduldig. „Also?"

„Du kennst doch Tom, oder? Er steht auf mich!"

Abwartend sah er sie an. Aber sie redete nicht
weiter.

„Ja? Und? Weiter? Schenkt dir der Typ Geld,
weil er es so großartig findet, dass du lebst und dass
er auf dich stehen kann?" „So ungefähr. Obwohl...
So einfach ist es dann doch nicht. Ich meine, man
muss etwas tun, um Geld zu kriegen. Niemand
schenkt einem Geld, oder?" sagte sie langsam.

„Carrie..." Er hatte auf einmal einen Geschmack
im Mund, als hätte er auf Alufolie gekaut. „Für was
bezahlt er dich?"

Sie zog einen Schmollmund und murrte: „Du
machst schon wieder so ein Gesicht! Ich habe keine

Lust, weiter mit dir darüber zu reden. Das alles ist vollkommen harmlos und du benimmst dich, als... als... würde ich ein großes Schwerverbrechen begehen!"

„Ich will wissen, wofür er dich bezahlt." sagte er und musste sich zusammenreißen, um nicht zu schreien.

„Ich... Ich schlafe nicht mit ihm, wenn du das meinst. Ich... Es ist ein Job wie Jeder andere! Eine Anwältin prostituiert sich mehr als ich! Ich tue nur das, was ich will und kriege dafür Geld!"

Es war um Roberts Geduld geschehen. Er packte sie an den Oberarmen, seine Hände drückten so fest zu, dass Carrie am nächsten Tag blaue Flecken haben würde.

„Wofür bezahlt er dich?"

Er betonte jedes Wort so stark, als würde er mit einem kleinen Kind sprechen, dass noch nicht so gut reden kann.

Carries Augen füllten sich mit Tränen, einerseits wegen den Schmerzen, andererseits weil sie jetzt endlich zu begreifen schien, dass es kein Spaß mehr war, sondern blutiger Ernst.

„Ich ziehe mich aus. Und manchmal fasst er mich an. Aber sonst nichts. Wirklich! Sonst macht er nichts!"

Eine schreckliche Hysterie hatte sich in ihre Stimme geschlichen.

„Warum machst du das?" fragte er, ohne den Druck auf ihre Arme zu verringern. In diesem Moment war er so wütend, dass er gar nicht begriff, dass er ihr weh tat.

„Ich weiß es nicht... Ich will nur... Er beachtet mich. Er sieht mich! Er sieht CARRIE!"

„Was soll das? Ich beachte dich auch! Ich sehe auch dich!"

Sie schüttelte den Kopf.

Mit einer plötzlichen Ruhe erklärte sie: „Du hast eine Vorstellung von mir. Ich glaube, du siehst in mir immer noch das kleine Mädchen, das seine Eltern verloren hat und deine Hilfe braucht, um wieder lachen zu können. Aber ich bin das nicht mehr.

Ich bin ein kaltes, gemeines Miststück, das für Geld alles tut.

Ich nehme keine Rücksicht auf die Gefühle anderer, weil ich so sehr mit mir beschäftigt bin. Ich bin eine Egoistin."

Mit einem Ruck ließ er sie los, drehte sich um und lief die Treppe hinauf. In seinem Zimmer drehte er die Musik auf volle Lautstärke und sang mit, um jeden Gedanken in seinem Kopf übertönen zu können.

Als er dort unten in Carries Augen gesehen hatte, war er für einen Moment versucht gewesen, ihr zuzustimmen.

David sah ihn komplett und vollkommen verwirrt an.

„Ich glaube, ich blicke jetzt überhaupt nicht mehr durch."

„Jetzt weißt du ja, wie es mir geht." sagte Robert, mit einem sarkastischen Lachen.

„Erst jammerst du rum, dass Carrie so arm dran ist, ihre Eltern verloren hat und dem Alkohol und der Selbstverletzung verfällt und jetzt behauptest du auf einmal, dass sie eine kaltblütige Schlampe ist."

„Das habe ich nie behauptet!" schrie Robert.

„Hat sich aber so angehört." meinte er, ohne sich aus der Ruhe bringen zu lassen.

„Du hast doch überhaupt keinerlei Ahnung..." murmelte er.

„Nein. Vermutlich nicht. Ehrlich gesagt, ich kann nicht verstehen, warum Jemand sich jahrelang so ausnützen lässt."

„Was?" fragte er vollkommen perplex.

„Ich weiß nicht, wie die Beziehung zwischen dir und Carrie wirklich war. Aber wenn du mir die Wahrheit erzählt hast, dann hat sie dich ausgenutzt. Vielleicht nicht absichtlich. Aber Fakt ist, dass sie sich immer an dich geklammert hat, wenn sie niemanden hatte. Und sobald jemand Besseres kam, hat sie dich allein gelassen. Immer wenn sie einen Idioten gebraucht hat, dem sie ihren Schmerz vorjammern kann, warst du für sie da. War sie für dich da, als du sie brauchtest? Ganz ehrlich! War sie da?"

Robert wusste es nicht. Es schien so, als wüsste er gar nichts mehr. Einen Moment zweifelte er sogar ernsthaft daran, ob es Carrie überhaupt jemals gegeben hatte. Vielleicht war sie nur eine Einbildung seiner kranken Fantasie? Vielleicht war er verrückt?

„Robert, ich will nicht sagen, dass Carrie ein sadistisches Miststück war. Sie hat in ihrem Leben viel durchmachen müssen und hat sehr darunter gelitten. Und du hast nur versucht, ihr zu helfen. Aber... Ich weiß nicht, wie ich das sagen soll. Es kommt mir einfach so vor, als hätte sie dich manchmal manipuliert, um das zu kriegen, was sie will." erklärte David.

„Wann hat sie mich denn manipuliert?" fragte er sich.

„Amy kannte Carrie besser als ich, denke ich. Sie hat mir einige Geschichten erzählt..."

„Was für Geschichten?"

„Verschiedene. Dinge, die passiert sind."

„Könntest du dich vielleicht etwas genauer ausdrücken?“

Roberts Stimme klang gereizt.

„Zum Beispiel das Weihnachtsfest, das ihr bei Carrie und ihrem Mann gefeiert habt.“ antwortete David.

„Oh...“ stöhnte er und schloss die Augen.

Er wusste sehr gut, welches Weihnachtsfest Robert meinte...

„Vielleicht sind sie nicht da.“ sagte Amy.

„Unsinn! Carrie weiß, dass wir kommen.“ Erwiderte Robert und drückte noch mal auf die Türklingel. Amy zog ihren Mantel fester um sich. Ihre dunklen Haare waren schon von Schneeflocken bedeckt und ihre Lippen zitterten.

Es war klar, dass sie nicht noch länger hier draußen vor dem Hause rumstehen wollte.

„Wahrscheinlich hört sie die Klingel nicht.“ meinte er und ging um das Haus herum zur Hintertür.

Amy folgte ihm.

„Siehst du! Die Tür ist offen!“ sagte er triumphierend und betrat die Küche.

„Sieht nicht so, als würde hier Jemand ein Festessen vorbereiten.“ meinte Amy, während ihr Blick über die ordentlich aufgeräumte und unbenutzte Küche glitt.

Robert sagte nichts dazu. Langsam bekam er ein mulmiges Gefühl im Bauch.

„Carrie!“ rief er. „Wo bist du? Wir sind da!“

Niemand reagierte.

Er legte seinen Mantel und die Geschenke ab und ging die Treppe nach oben in den ersten Stock.

„Carrie?“ rief er noch einmal.

Als sich immer noch nichts rührte ging er zur Schlafzimmertür und öffnete sie kurzerhand.

Für einen Moment verstand er nicht, was er da sah, dann wich er geschockt und entsetzt zurück von der Tür.

Auf dem Bett lag ein nackter Mann und Carrie saß auf ihm, ebenfalls nackt. Es war eindeutig und sehr ersichtlich, was sie taten. Er hielt sich die Hand vor dem Mund, und ging raus.

Ohne aufzupassen, stolperte er die Treppe hinunter und wäre fast in Amy hineingerannt, die sich gerade auf den Weg nach oben machen wollte.

„Was ist los?" fragte sie.

„Carrie... Sie..." Er war unfähig, weiterzusprechen.

Amy, der das Warten zu dumm wurde, stieg die Stufen hinauf und steuerte auf das Schlafzimmer zu, dessen Tür immer noch offenstand.

Robert wollte sie davon abhalten, aber er kam zu spät.

„Carrie!" schrie sie.

Er drängte sich neben Amy in den Türrahmen und sah, wie Carrie von dem Typen runterging und sie beide erschrocken ansah.

Der Mann richtete sich auf und Roberts Verdacht wurde bestätigt: Es war nicht Carries Ehemann.

„Was soll das?" fragte Amy fassungslos.

„Ich dachte, ihr wolltet erst später kommen." sagte Carrie.

Sie machte keine Anstalten, sich anzuziehen, sondern blieb nackt vor ihnen stehen.

„Wer ist das?"

Amy deutete auf den Mann, der nicht minder fassungslos wirkte.

Auf einmal liefen Tränen Carries Wangen hinunter und sie stürzte sich kurzerhand in Roberts Arme. Er streichelte ihren nackten Rücken und vergaß völlig, dass seine Frau neben ihm stand.

„Er erpresst mich." schluchzte sie. „Wenn ich nicht mit ihm schlafe..."

„Was?", unterbrach sie der Mann. „Was soll der Scheiß?"

„Robert!" sagte Amy und starrte ihn an.

Er fühlte sich verpflichtet, etwas zu sagen.

„Verschwinden Sie sofort aus diesem Haus. Und wenn Sie es wagen, Carrie noch einmal anzurühren, werden Sie größere Probleme kriegen als sie es sich jemals vorstellen können."

„Ihr seid doch alle verrückt." sagte er, zog sich an und drängte sich an ihnen vorbei aus dem Schlafzimmer. Bevor er die Treppe runterging, drehte er sich noch einmal um, sah Robert an und sagte: „Sie wird dich auch noch bezahlen lassen. Glaub mir."

Dann ging er.

Robert machte die Augen wieder auf.

„Er hat sie nicht erpresst, oder?" fragte er leise.

„Nein, ich denke nicht." antwortete David.

„Aber... Sie... Das geht doch nicht! Sie war doch ein Mädchen! Sie konnte doch nicht..."

„Du denkst, sie war ein kleines Mädchen. Und nur wenn sie mit dir zusammen war, wurde sie zur Frau, oder? Du kannst nicht glauben, dass sie mit anderen Männern jemals freiwillig geschlafen hat, oder?" fragte David.

„Nein... Es... Ich meine..." Er brach ab. „Sie war keine Schlampe. Sie hat mit mir geschlafen, weil sie mich geliebt hat. Und sie hat mit ihrem Mann geschlafen, weil er ihr Mann war. Und dieser andere

Kerl... Er muss ihr irgendetwas Schlimmes angetan haben.“

„Robert...“ begann er.

„Nein! Sie war keine Schlampe!“ schrie er.

„Ich wollte das nicht tun.“ sagte David, stand auf und ging aus dem Zimmer.

Verdutzt sah Robert ihm nach und fragte sich, was das jetzt sollte.

Nach ein paar Minuten kam David wieder, in der Hand eine Videokassette.

„Carries Ex Mann hat vor kurzem bei Amys Maklerbüro angerufen und sie beauftragt, sein Haus zu verkaufen. Amy ist zu dem Haus und hat es sich angesehen. Es war noch nicht ganz ausgeräumt und sie hat...“

Er machte eine kurze verlegene Pause.

„Sie hat sich das Zeug mal etwas genauer angeschaut und dabei etwas entdeckt. Ein interessantes Video.“

Robert nahm es ihm aus der Hand und betrachtete es.

„Geht der Videorecorder noch?“ fragte David.

„Das bezweifle ich. Er ist zwar noch nicht so alt, aber er steht doch schon längere Zeit hier.“

David beschäftigte sich einige Zeit lang damit und brachte es irgendwie fertig, ihn wieder betriebsfähig zu machen.

„Robert, bevor wir uns das Anschauen... Fühlst du dich wirklich dazu in der Lage? Bist du bereit, dir das anzutun?“

„Ja.“ antwortete er, ohne lange darüber nachzudenken.

„Auf deine eigene Verantwortung.“ meinte David und legte es ein.

Ein paar Sekunden war der Fernseher dunkel, dann erschien Carries Schlafzimmer auf dem Bildschirm.

Gebannt starrte Robert auf den Fernseher und beobachtete, wie Carrie ins Bild trat. Sie war vollkommen nackt und begann langsam, sich zu streicheln. Dabei sah sie direkt in die Kamera und hatte ein Lächeln auf dem Gesicht, das Robert noch nie bei ihr gesehen hatte. Plötzlich gab es eine Bewegung am Bildrand und ein Mann stand im Zimmer.

Er hatte einen überraschten und erregten Gesichtsausdruck. Carrie fing an, ihm langsam die Kleidung auszuziehen und ihren Körper an seinem zu reiben. Widerstandlos ließ er es geschehen, bis er auch nackt war.

Weiter kam Robert nicht.

Er stürzte aus dem Zimmer, ins Bad und übergab sich. Vor seinen beiden Augen tanzten sehr viele schwarze Punkte.

„Ich hatte schon erwartet, dass du das nicht aushältst.“

„Das ist nicht sie...“ stöhnte Robert.

Er drehte sich nicht um. Er wollte nicht in Davids Gesicht sehen.

„Ich habe doch mal Psychologie studiert...“

„Carrie braucht keinen Psychologiestudenten. Sie hat verloren. Sie hat verloren und wird niemals mehr spielen können.“

„Robert? Willst du resignieren?“ fragte David scharf.

Endlich wandte er sich um.

„Was soll ich tun? Wie soll ich es ungeschehen machen? Sie hat verloren und ich habe sie verloren. Aus. Ende. Vorbei.“

„Hast du schon mal daran gedacht, dass der Tod eine Erlösung sein kann? Wenn Jemand nach einer langen Krankheit stirbt, dann ist man froh, dass die Schmerzen endlich vorbei sind.

So musst du das auch bei Carrie sehen. Sie hat unter ihrer Krankheit gelitten. Und jetzt hat die Krankheit ein Ende gefunden. Sie ist von den Schmerzen befreit worden."

Robert starrte David an, als wäre er verrückt.

„Was erzählst du da?" fragte er. „Was für eine Krankheit?"

„Ich habe ja, wie gesagt, Psychologie studiert. Und ich habe einige Krankheiten in Betracht gezogen... Zum Beispiel könnte sie eine multiple Persönlichkeit gehabt haben."

„Ich habe immer noch keine Ahnung, von was du redest." meinte Robert.

„Eine multiple Persönlichkeit kann dann entstehen, wenn ein Mensch Dinge erlebt, die er nicht verkraften kann. Er allein kommt damit nicht klar und deswegen spaltet sich die Persönlichkeit. So entstehen mehrere, verschiedene Persönlichkeiten und jede muss nur einen Bruchteil der Gefühle aushalten. So eine Art Selbstschutz. Verstehst du?"

„Du meinst, dass Carrie den Tod ihrer Eltern nicht verkraftet hat und deswegen..."

David unterbrach ihn. „Nicht nur das. Es war noch etwas anderes. Vielleicht waren es sogar viele andere Sachen. Was hat Carrie alles Schreckliches erlebt?"

„Ja, woher soll ich denn das wissen?" sagte er fassungslos.

„Ich denke, du bist der Mensch, der sie am besten kannte."

„Ich kannte Carrie nicht. In der letzten Stunde habe ich Dinge über sie erfahren, mit denen ich niemals gerechnet hätte. Ich hatte ein vollkommen falsches Bild von ihr. Sie war mein Engel... Meine heilige Jungfrau... Gott! War ich blöd! Wie konnte sie meine Jungfrau sein, wenn ich mit ihr schlief?"

David setzte sich neben Robert auf den Badezimmerboden und antwortete: „Wenn du etwas Unantastbares berührst, dann verliert es seine Unantastbarkeit. Aber bei dir war es nicht so. Du hast mit Carries Körper geschlafen. Das ist richtig. Aber bist du jemals in ihre Seele eingedrungen? Hast du sie jemals dort berührt, wo kein anderer Mensch sie berühren durfte?"

Robert dachte nach. Er versuchte, sich an alle Erlebnisse, die er jemals mit Carrie gehabt hatte, zu erinnern.

Sie waren sich körperlich nahe gewesen, sie hatten sich gehalten, geküsst, geliebt...Aber hatte Carrie ihn wirklich geliebt?

„David... Ich glaube, Carrie hat mich nicht geliebt..."

Überrascht sah er Robert an. „Wie meinst du das? Hat sie denn jemals behauptet, dass sie dich liebt?"

„Ja..."

„Davon wusste ich ja gar nichts! Erzähl mal!"

Robert stand, gegen sein Schließfach gelehnt, da und starrte gelangweilt ein Plakat an, das den Abschlussball anpries.

Außer ihm war keiner auf dem Gang, da die erste Unterrichtsstunde schon begonnen hatte. Eigentlich hätte er jetzt auch in einem Klassenzimmer sitzen sollen, aber er wartete noch auf Carrie. Sie war auf die Toilette gegangen und hatte gemeint, sie würde dann auch gleich zurückkommen.

Er warf einen Blick auf die Uhr. Sie war jetzt schon eine Viertelstunde weg. So lange konnte sie doch wohl kaum brauchen, oder?

Zögerlich ging er zu der Tür des Mädchenklos und rief: „Carrie?"

Keine Reaktion.

Da jetzt eigentlich alle Schüler im Unterricht sein sollten, ging er das Risiko ein und öffnete die Tür einen Spalt breit.

„Carrie! Wir kommen zu spät!"

„Ich weiß!" kam die Antwort aus einer der Kabinen.

„Was ist denn los? Warum brauchst du so lange?"

„Ich habe ein Problem..."

Alarmiert ging er ganz in den Waschraum und ließ die Tür hinter sich zu fallen.

„Was ist los? Was für ein Problem? Ist etwas passiert?" fragte er.

„Könnte man so sagen." meinte sie.

„Was? Hast du dir weh getan?"

Die Kabinentür ging auf und Carrie trat heraus. Ihr Haar, das sie am Morgen hochgesteckt hatte, hing ihr unordentlich herunter und die Wimperntusche, die laut Verpackung Wasserfest war, klebte unter ihren Augen.

„Ich sehe schrecklich aus..." flüsterte sie.

„Deine Frisur ist aufgegangen und die Schminke verschmiert, aber sonst..."

„Nein." unterbrach sie ihn. „Das ist es nicht. Ich habe meine Haare durcheinandergebracht und mir die Augen gerieben. Dass ich so aussehe, ist meine eigene Schuld. Aber ich meine mein anderes Aussehen."

„Was für ein anderes Aussehen?" fragte er, völlig perplex.

„Was du siehst ist die Hülle. Eine Maske. Nicht mehr. Aber nimm mir das alles weg und was bleibt, bin ich. Das ist mein anderes Aussehen. Und ich sehe schrecklich aus! Niemand kann das, was ich bin, lieben! Oh, ... Es ist schrecklich, zu leben..."

„Carrie..." Er sah sie verletzt an. „Du weißt, dass ich dich liebe."

Sie machte eine abwinkende Handbewegung. „Du weißt nicht, was Liebe ist. Es ist mehr als nur ein Gefühl. Es ist Bestandteil der Seele. Und du musst damit klarkommen. Ob du willst oder nicht. Man hat es dir aufgezwungen und du lebst damit, so gut du kannst."

Robert schüttelte den Kopf.

„Ich weiß, du willst mir jetzt widersprechen." Sie lächelte leicht gequält. „Tus nicht. Es hätte keinen Sinn. Du weißt nicht, wer du bist. Und du weißt nicht, wer ich bin."

„Hast du Drogen genommen?" fragte er auf einmal.

Sie starrte ihn an. „Ich nehme keine Drogen."

„Du nimmst Drogen."

„Woher willst du denn das wissen?" fragte sie.

„Ich habe das Zeug in deinem Zimmer gefunden." antwortete er.

Sie verdrehte genervt die Augen. „Jetzt spiel hier nicht den Moralapostel! Ich habe das Zeug nur für einen Freund aufgehoben! Glaubst du echt, ich wäre so blöd, und würde Drogen nehmen?"

„Nein." sagte er, obwohl er es glaubte.

„Siehst du. Deswegen mag ich dich. Weil du manchmal weißt, wie ich bin. Und vielleicht liebst du mich wirklich. Soll ich dir mal was sagen? Wenn du mich liebst, dann liebe ich dich auch!“

Ihr letzter Satz hallte Robert im Kopf herum.

„Sie hat gesagt, wenn ich sie liebe, dann liebt sie mich auch.“

„Das ist doch Schwachsinn.“ meinte David.

„Was?“

„Wenn du sie liebst, dann liebt sie dich? Warum denn?“

„Ich habe ihr Liebe gegeben. Und dafür hat sie mich geliebt. Ist doch logisch. Außer mir war keiner für sie da.“ erklärte er.

„Weißt du, was diese Logik bedeutet? Carrie hat jeden geliebt, der sie geliebt hat! Und vermutlich hat sie auch mit jedem geschlafen, der mit ihr schlafen wollte! Und wenn du noch einen Schritt weitergehen willst, dann kannst du sagen, dass sie sich für Jeden umgebracht hat, der wollte, dass sie stirbt!“

„Niemand wollte, dass Carrie stirbt.“ sagte er und war kalkweiß im Gesicht.

„Was ist mit Rhett?“

Robert schrie gequält auf.

„Hör auf! Hör endlich auf! Ich kann nicht mehr!“ Er spürte, wie Tränen über seine Wangen liefen. In ihm drin zog sich alles zusammen. Wie hatte er das alles nur so lange aushalten können? Wie hatte er diese Jahre verbracht, ohne wahnsinnig zu werden?

„Reiß dich zusammen! Wir haben damit angefangen und jetzt müssen wir es auch zu Ende bringen!“ schrie David. Er hatte langsam selbst das Gefühl, dass er gleich in sich zusammenbrechen würde.

„Carrie wusste, wie man es macht."

„Was?" fragte David.

„Sie wusste, wie man dem Schmerz entkommt."

Roberts Augen hatten auf einmal einen merkwürdigen Glanz.

Er schien David nicht mehr wahrzunehmen.

„Was meinst du damit?" fragte er misstrauisch.

„Aerosmith haben ihr gesagt, dass sie vor dem Schmerz wegrennen soll. Und sie hat es getan. Sie ist gerannt und gerannt und gerannt...Aber am Ende wurde sie doch wieder eingeholt. Sie haben sie eingeholt. Diese verdammten Schweine..."

Seine Stimme brach vor Verzweiflung und Wut. Erst jetzt merkte David, was mit Robert los war.

„Scheiße...", murmelte er.

Wenn er jetzt nichts tat, dann würde er Robert verlieren.

Er stand an der Grenze zum Wahnsinn. David dürfte nicht zu lassen, dass er sie überschritt. So wie Carrie es getan hatte...

„Hör mir zu!" schrie er und packte Robert an den Schultern.

„Carrie ist tot! Aber du hast sie nicht verloren! Und weißt du, warum? Weil du sie niemals besessen hast! Sie hat nie dir gehört! Sie hat immer nur sich selbst gehört! Sie hat sich selbst verloren! Sie war an demselben Punkt, wo du jetzt bist! Sie hatte ihre Eltern verloren, sie war halbwahnsinnig vor Schmerz und Angst! Sie hätte auf dem Boden bleiben können, sie hätte versuchen können, weiterzumachen! Aber sie hat es nicht getan! Stattdessen hat sie sich von dem Wahnsinn mitreißen lassen! Sie hat sich zu den Wolken hochheben lassen und hat gelitten... Sie hat ihr ganzes verdammtes Leben lang nur gelitten! Weil sie nicht gekämpft hat! Weil sie aufgegeben hat! Und daran ist sie gestorben! Sie hat sich nicht umgebracht, weil du nicht für sie da warst! Du hattest damit nichts zu tun! Es war ihre Sache! Sie musste das mit sich selbst ausmachen! Die ganzen Jahre lang wurde in ihr drin Krieg geführt und sie hat es stumm beobachtet. Und am Ende hat eine Seite schließlich gewonnen. Sie hat sich einfach nach dem Sieger gerichtet. Die Schwäche hat gewonnen. Der Tod hat gewonnen. Willst du dasselbe durchmachen wie sie? Willst du die nächsten Jahre nur darauf warten, dass man dir endlich sagt, ob du dich umbringen sollst oder nicht? Willst du die Menschen, die dich lieben, vergessen, weil du leidest? Willst du das?"

Er starrte Robert erschöpft an.

Davids Kraft war aufgebracht. Er konnte nicht mehr. Auf einmal schien alles über ihm zusammen zu brechen. Carrie war tot.

Sie war tot. Die ganze Zeit hatte er über sie geredet und so getan, als könnte er damit umgehen. Aber er hatte nur damit umgehen können, weil er sich eingeredet hatte, dass sie nicht tot war. Aber jetzt hatte er es begriffen. Sie war tot. Und sie würde nie mehr zurückkommen. Und er brauchte sie doch! Er brauchte sie so sehr wie nichts anderes auf der Welt!

„Lügner!" schrie Robert. „Du verdammter Lügner!"

„Ich kann dir das Erklären..." sagte David.

„Du liebst sie! Du hast sie schon immer geliebt! Und die ganze Zeit dachte ich, dass du sie überhaupt nicht richtig kennst! Dass sie dir total egal ist! Du kleines und mieses Arschloch!"

„Du verstehst das nicht Robert. Es ist nicht dasselbe wie bei dir.

Erinnerst du dich noch an die Sommerferien, in denen du von deinen Eltern in ein Camp geschickt worden warst? Zu dieser Zeit habe ich Carrie näher kennen gelernt. Und es ist einfach passiert. Ich habe es dir nicht gesagt, weil ich mich geschämt habe."

„Geschämt." wiederholte Robert, ohne die Bedeutung des Wortes zu verstehen. Es interessierte ihn nicht, was David sagte. Es interessierte ihn nur, dass er in Davids Augen Liebe gesehen hatte. So viel Liebe und so viel Schmerz. Er hatte in Davids Augen dasselbe gesehen, dass er in seinen Augen immer sah. Carrie.

Aber David dürfte Carrie nicht haben! Carrie gehörte ihm! Nur ihm! Niemand hatte das Recht, sie ihm wegzunehmen! Carrie war sein alleiniger Engel und Besitz!

„Ich dachte, dass es krank wäre, dass ich sie liebe. Ich meine... Wie konnte ich denn ein Mädchen lieben, dass sich umbringen wollte? Wie konnte ich ein Mädchen lieben, dass Drogen nahm?"

„Woher wusstest du, dass sie Drogen genommen hat?" fragte Robert, ohne dass es ihn wirklich interessierte. Er wollte nur, dass David beschäftigt war. In seinem Kopf entstand langsam ein Plan. Und er wollte auf keinen Fall, dass David etwas davon mitbekam.

„Ich kannte Rhett. Ich wusste, dass er Dealer war. Ich habe sogar einmal was bei ihm gekauft. Und irgendwann... Irgendwann habe ich Carrie mit ihm gesehen. Und da wusste ich es einfach. Wenn du es dir genau überlegst, dann hat man es Carrie eigentlich angesehen. Dieses Funkeln der Drogen in ihren Augen..."

„Natürlich." sagte Robert mechanisch, während seine Hand langsam zum Badeschrank tastete.

„Ich habe ihr nie gesagt, dass ich sie liebe. Aber sie wusste es. Sie hat mich angelächelt und... Vermutlich sollte ich froh sein, dass ich es ihr nicht gesagt habe. Ich habe nie meinen Schutz aufgegeben. Ich habe mich nie auf einen Kampf mit ihr eingelassen. Im Gegensatz zu dir. Und jetzt sieh dir an, wo du heute bist. Sie hat dich so kaputt gemacht... Carrie war eine Krankheit. Wenn du sie berührt hast, dann hast du dich angesteckt. Und dein ganzes Leben wurde langsam zerfressen. Bis du schließlich stirbst. Und diesem letzten Punkt näherst du dich immer schneller, Robert. Du musst etwas dagegen tun!"

Robert hörte nichts von dem, was David sagte. In seinem Kopf war nur ein Gedanke: „Er hat sie geliebt."
Endlich berührte seine Hand das, was er suchte.

„Hörst du mir überhaupt zu? Robert! Ich versuche..."

„Du hast sie umgebracht!" schrie er und seine Hand, die einen Schraubenzieher umklammert hielt, sauste auf David hinab.

Die nächsten Minuten herrschte vollkommene Schwärze in Roberts Verstand. Als er wieder zu sich kam, sah er David blutüberströmt auf dem Badezimmerboden liegen. In seinem Hals steckte ein Schraubenzieher. Robert selbst war voller Blut, hatte aber keine Verletzungen.

Seine Augen wanderten mindestens eine Viertelstunde lang über dieses grauenvolle Bild. Aber er kam kein einziges Mal auf die Idee, dass er David umgebracht hatte.

„Du hast verloren. Du hättest sie nicht lieben sollen. Das hat sie kaputt gemacht. Warum konntest du sie nicht in Ruhe lassen? Jetzt hast du sich selbst zerstört. Und alles nur, weil du meinen Engel lieben musstest...“ Robert ging aus dem Bad. Ohne darüber nachzudenken, dass seine Kleidung voller Blut war, verließ er das Haus und stieg in seinen Wagen. Es war schon dunkelste Nacht. Trotzdem fand er problemlos den Weg zu Davids Wohnung. Dort angekommen brach er die Tür auf.

Das alles tat er, ohne dass er es wirklich mitbekam. Es war für ihn so, als würde er etwas vollkommen Alltägliches tun, über das man nicht mehr Nachdenken musste. Zum Beispiel so etwas wie Zähne putzen.

In Davids Wohnung fing er an, alles zu durchwühlen.

Wenn ihn Jemand gefragt hätte, was er suchte, dann hätte er nicht antworten können. Er wusste es selbst nicht.

Erst als er es schließlich gefunden hatte, wusste er, wonach er gesucht hatte. Es war ein Buch. Carries Tagebuch.

Er hatte gewusst, dass sie eines gehabt hatte. Aber er hatte es niemals gefunden.

Robert hatte keine Ahnung, woher David ihr Tagebuch hatte.

In diesem Moment war es ihm auch egal.

Er schlug die erste Seite auf...

„Lass mich ein Vogel sein. Lass mich fliegen. Lass mich los. Lass mich ICH sein. Ich bin nur Ich. Niemand sonst. Keine Rollen. Filme sind kein

Leben. Leben. Leben. Ich will nur leben. Lasst mich doch einfach. Wollt ihr mich tot. Dann holt mich. Holt mich hier raus und schickt mich in den Tod. Alle zusammen. Ich weiß, dass ihr mich hasst. Ich sehe es in euren Augen. Ihr wollt mich loswerden. Dann bringt mich um! Oh, bitte bringt mich doch um...Schießt eine Kugel in meinen Kopf. Oder stecht ein Messer in mein Herz. Ich brauche meinen Körper nicht mehr. Besitzt ihn. Aber lasst meine Seele. Lasst sie fliegen. Lasst sie alles tun, was sie will. Macht sie doch bitte nicht so kaputt... Bitte... Ich brauche sie doch! Wie soll ich denn ohne sie leben? Wie soll ich denn..."

An dieser einzigen Stelle brach der Eintrag urplötzlich ab.

Robert schlug die nächste Seite auf und seine Augen hafteten sich wieder an die blauen, kleinen Buchstaben.

„Sie wollen mich nicht sehen. Wollen nicht begreifen, dass ich nur ein Mensch bin. Nichts sonst. Ich bin keine Göttin. Ich kann das nicht ertragen, was sie mir antun. Bin ich stark? Bin ich stark genug für sie? Nein. Ich weiß es. Ich spüre es. Jeden Tag machen sie mich etwas mehr kaputt. Ich lächle. Aber ich will weinen. Ich weiß nicht, wie ich ihnen entkommen soll. Es gibt kein Entkommen. Ich bin gefangen. Keine Flucht. Kein Wegrennen. Nur noch das. Warum? Ich habe doch Beine, ich muss doch rennen können! Ich will rennen! RENNEN! LASST MICH! RENNEN! Run away from the pain Run away from the pain Run away from the pain Run away Run away Run away"

Robert legte das Buch aufs Bett und ging zu Davids CD-Ständer. Er zog eine Schachtel heraus, nahm die CD, die darin war, und legte sie in die Stereoanlage. Das Lied fing an.

Er wartete, bis es an der richtigen Stelle war und sang dann mit: „Run away... Run away from the pain... Yeah... Run away... Run away from the pain... Yeah... Run away... Run away... Oh... Run away away...“

Sein Blick ging zur CD-Schachtel, auf der eine kleine Karte klebte: "Alles Gute zum Geburtstag! Carrie!“

„Aerosmith – Janies got a gun.“ sagte er. Was für ein Lied...

Er hob das Tagebuch wieder hoch und las den nächsten Eintrag.

„Du willst weg von hier? Okay. Dann geh. Verlasse dieses Zimmer, verlasse dieses Haus, verlasse die Menschen, die Carrie lieben. Warum bist du nicht Carrie? Sie wird geliebt. Du nicht. Du bist nichts weiter als ein mieses Stück Dreck. Tu nicht so überrascht! Das weißt du doch schon längst! Warum, glaubst du, sieht dich Robert immer so an, wenn er die Rasierklingen sieht? Er weiß, was du tust! Du ekelst ihn an! Er hasst dich! Er sagt, dass er dich liebt! ABER ER LIEBT NICHT DICH! ER LIEBT CARRIE! ER LIEBT DIESE SCHLAMPE, DIE DICH TAG UND NACHT QUÄLT UND VERRÜCKT MACHT! Warum ich will, geliebt werden.

Bring Carrie um. Bring sie um. Und ersetze sie. Und du wirst geliebt. Liebe ist etwas Schönes. Und du bist nicht schön. Warum sollte sich etwas Schönes etwas Hässlichem zu wenden?“

Er wollte das nicht lesen. Aber er konnte nicht aufhören. Seine Hände hatten sich seiner Kontrolle entzogen.

Ganz von allein blätterten sie die Seite um.

„Ein schwarzer Sarg, mit rotem Samt ausgeschlagen. Darauf ein Mädchenkörper. Weiße Haut, blonde Haare. Sie trägt ein weißes Kleid. Ein Hochzeitskleid. Jeder weiß, dass sie tot ist. Alle Gäste stehen um die Leiche herum und reden mit ihr. Sie wissen, dass sie tot ist und reden mit ihr, als würde sie leben. Weil sie keine Ahnung haben. Weil sie nichts von dem Tod wissen. Sie haben keine Ahnung von mir. Sie wissen es nicht, wenn ich sterbe. Sieht denn keiner, dass das Mädchen tot ist? Wissen sie denn nicht, dass vor ihnen eine Leiche liegt? Begreifen sie denn nicht, dass kein Leben mehr in diesem wunderbaren Körper ist, den sie quälen? Glauben sie denn wirklich, dass irgendeines von ihren gemeinen Worten noch ihr Ohr erreicht? Sind sie denn alle blind? Ich begreife es nicht! Seht doch auf ihre Handgelenke! Die Narben sind doch so tief und so deutlich! Niemand kann so viel Blut verlieren und weiterleben! Habt ihr denn gar keine Ahnung vom menschlichen Körper? Du kannst dir nicht die Adern aufschneiden und weiterleben! Das geht doch ganz und gar nicht...“

Robert musste lachen. Er lachte so laut, dass es ihm selbst in den Ohren weh tat. Dann brach er ab.

„Wenn du tot bist, dann bin ich es auch.“ murmelte er.

Seine Augen waren wieder glasig geworden. Hätte ihn jetzt Jemand gesehen, dann hätte er ihn, ohne zu zögern in die Psychiatrie eingeliefert. Der Wahnsinn war ihm anzusehen. Anders als bei Carrie. Sie hatte ihn verstecken können.

„Ich habe heute eine Welt gesehen, die ich nie wieder vergessen werde. Alle Farben waren hell, es gab kein Leid, keinen Schmerz. Jeder hat gelacht. Alle waren glücklich. Niemand hatte Angst. Und ich... Ich konnte fliegen. Ich konnte es wirklich! Ich habe meine Flügel gespannt und bin losgeflogen! Es war wunderschön! Ich will nie wieder zurück! Ich will ewig in der Luft schweben! Oh bitte! Holt mich nicht auf den Boden zurück! Ich gehöre nach oben! Ich gehe über die Wolken! Ich tanze auf den Sternen! Ich bin im Himmel! Zwingt mich nicht auf die Erde zurück! Es ist mein Paradies!"

Er schüttelte den Kopf. Ihr erster LSD Rausch. Nach ein paar belanglosen Einträgen kam auch ihr erster LSD Absturz.

Davon hatte er nichts gewusst.

„Irgendetwas ist heute schiefgelaufen. Ich weiß nicht genau, was es war. Ich bin geflogen. Wie immer. Und dann habe ich sie auf einmal gesehen. Es waren Engel. Sie haben mir gesagt, dass sie mich nach Hause holen. Dass sie mich zu meinen Eltern bringen.

Und ich bin mit ihnen geflogen.

Und dann...

Dann bin ich auf einmal gefallen. Ich weiß nicht, warum. Ich bin einfach gefallen. Und Schmerzen sind durch meinen Körper gebrochen.

Ich lag auf einmal auf der Straße und Rhett war über mir. Er stand auf dem Balkon und hat auf mich heruntergesehen.

Er hat gefragt, ob alles in Ordnung ist.

Ich glaube, ich bin vom Balkon gesprungen.

Ich glaube, ich bin verrückt.

Ich weiß, dass ich verrückt bin.

Ich bin aus dem dritten Stock gesprungen.

Ich weiß nicht, ob ich noch lebe.

Aber ich muss noch leben. Sonst würde ich jetzt nicht hier sein.

Warum habe ich das getan?

Meine Engel sind weg. Sie haben mich allein zurückgelassen.

Meine Flügel sind gebrochen.

How high can you fly with broken wings?

Verdammt, Aerosmith kennen sich echt gut aus! It's amazing"

Er warf das Buch gegen die Wand. Nichts würde ihn dazu bringen, noch weiterzulesen! Das war genug! Carrie war nicht verrückt! Sie war nur etwas verwirrt! Mehr nicht! Aber er würde sie jetzt nach Hause holen! Nach Hause... und sie würden zusammen glücklich werden. Und wenn sie unbedingt in den Himmel wollte, dann sollte sie dahin kommen. Mit ihm.

Robert verließ Davids Wohnung und lief von dort aus zum Friedhof. Die kleine Kapelle, in der die Toten kurz vor der Beerdigung aufgebahrt wurden, war verschlossen. Aber das störte ihn nicht. Er zerschlug das Glas eines Fensters und stieg einfach so ein.

Mit laut pochendem Herzen näherte er sich dem Sarg.

„Carrie? Hier ist Robert. Ich hole dich nach Hause."

Mit einem energischen Stoß beförderte er den Deckel vom Sarg und sah auf Carrie hinunter.

Ihre blonden Locken lagen um ihren Kopf herum ausgebreitet wie ein Fächer. Ihre schwarzen Wimpern bildeten einen harten Kontrast zu der weißen Haut ihres Gesichtes. Und ihre zarten Lippen standen ein bisschen offen.

Robert beugte sich hinunter und küsste diesen Mund, den er schon so oft geküsst hatte.

Carrie reagierte nicht.

„Verdammt! Wach auf! Ich bin es! Robert!" schrie er.

Sie rührte sich immer noch nicht.

„Das ist nicht lustig, Carrie! Verstehst du? Du hattest deinen Spaß! Jetzt komm mit mir nach Hause! Hörst du mir zu? Komm mit... Ich bringe dich auf deine Wolken... Du darfst auf den Sternen tanzen! Und ich liebe dich! Ich liebe dich! Nicht eine Maske! Du bist doch mein Engel... Du weißt doch, dass ich dich liebe... Ich kann doch ohne dich nicht leben... Du kannst doch nicht weg sein... Du bist doch mein Engel..."

Robert brach ab.

Es schien keinen Sinn zu haben, mit ihr zu reden. Sie hörte ihm doch nicht zu.

Er legte einen Arm unter ihren Rücken und den anderen um ihre Hüfte und hob sie aus dem Sarg heraus.

Sie war so leicht...

So leicht und so kalt...

„Ich bringe dich nach Hause. Okay? Ich bringe dich nach Hause."

Er trug sie aus der Kapelle heraus, wobei er das Türschloss kaputt machte, und sah sich draußen auf der Straße nach einem Wagen um. Es war nur ein einziger da. Und der war verschlossen. Aber Robert ließ sich von nichts mehr aufhalten.

Er brach das Auto auf.

„So schwierig ist das gar nicht. Siehst du, Carrie? Dein Mann bringt dich sicher nach Hause. Du musst keine Angst mehr haben."

Robert fuhr denselben Weg zurück, den er vorhin gekommen war. Vor dem alten Haus, in dem er heute den ganzen Tag verbracht hatte, hielt er.

„Wir sind da, mein kleiner Engel. Wir sind zuhause. Komm."

Dieser Aufforderung kam Carrie nicht nach, deswegen musste er sie wieder tragen. Er brachte sie ins Wohnzimmer, legte sie aufs Sofa.

„Hier sind wir. Dein Himmel ist für dich bereit. Ich habe dich doch noch gerettet! Ich habe dich gerettet!"

Er brach in Tränen aus.

Eine Woche später fand die Polizei in einem alten, verfallenen Haus zwei Leichen. Die eines jungen Mannes, der den Akten nach David Simmens hieß. Er war umgebracht worden. Die andere Leiche war die eines gewissen Robert Brightens. Seine Pulsadern waren durchtrennt.

Da festgestellt worden war, dass Robert kurz vor seinem Tod Geschlechtsverkehr gehabt hatte, fahndete die Polizei nach einer Frau. Aber die Suche ergab nichts.

Sie schlossen den Fall ab und schrieben in die Akte, dass Robert anscheinend verrückt geworden war, erst David und dann sich selbst umgebracht hatte.

Damit war die Sache erledigt.

Ungefähr zwei Jahre später nahm die Polizei einen jungen Mann fest, der seinen Bruder umgebracht hatte.

Auf die Frage, warum er das getan hatte, antwortete er nicht.

Am nächsten Tag fanden sie ihn mit durchgeschnittenen Pulsadern in seiner Zelle auf. Man fand nie heraus, mit was er sich die Pulsadern hatte aufschneiden können.

Und auch niemand konnte sagen, was der Satz bedeutete, der mit seinem Blut an die Wand geschrieben worden war: „Die Langoliers sind wieder da."

In der allgemeinen Aufregung, die nach dieser Entdeckung herrschte, bemerkte keiner der Polizisten die junge Frau, die in der Toilette der Polizeistation stand und sich das Blut von den Händen wusch.

Kein Verstand überlebt Carries Langoliers. Am allerwenigsten ihr eigener...

Anmerkungen des Autors:

Sandro Hübner meißelt in Berlin, in klaren Sätzen ein Denkmal und ist unverzichtbar für alle, die ihn bei Twentysix lesen, weiterempfehlen und auch kaufen werden.

Bisher erschienen:

Titel:	SAD SONG - Trauriges Lied -
Genre:	Kriminalroman
ISBN:	978-3-7407-3007-9

Titel:	Juliette und Taddei eine Liebe forever
Genre:	Liebesroman
ISBN:	978-3-7407-3030-7

Titel:	Rückkehr eines träumenden Delfins
Genre:	Roman
ISBN:	978-3-7407-3399-5

Titel:	Fesselnde Psycho-Horror- Geschichten
Genre:	Horror
ISBN:	978-3-7407-4455-7

Titel: Spannende Thriller-
Geschichten

Genre: Thriller
ISBN: 978-3-7407-4636-0

Titel: Doppelt stirbt sich besser,
mit einem grauenvollen Biss

Genre: Psychohorror
ISBN: 978-3-7407-4697-1

Titel: TITANIC
Ein Augenzeugenbericht von
Helena F. Lang
Genre: Roman
ISBN: 978-3-7407-5058-9

Titel: Unheimliche Gruselgeschichten
- Teil I -

Genre: Gruselroman
ISBN: 978-3-7407-5067-1

Titel: Unheimliche Gruselgeschichten
- Teil II -

Genre: Gruselroman
ISBN: 978-3-7407-5068-8

Titel:	Der Fitnesstrainer
Genre: **ISBN:**	Roman 978-3-7407-5075-6

Titel:	Das Bett des Horroralptraums
Genre: **ISBN:**	Horror 978-3-7407-5139-5

Titel:	Der verhängnisvolle Fehler aller Zeiten - Das Haus der Seelen
Genre: **ISBN:**	Horror 978-3-7407-5317-7

Titel:	Spannende Abenteuerkurzgeschichten für Kinder
Genre: **ISBN:**	Roman 978-3-7407-5415-0

Titel:	Roy Raperpotz im Land der Träume
Genre: **ISBN:**	Roman 978-3-7407-1711-7

Titel:	Der grausame Helikopter des Horrors
Genre:	Horror
ISBN:	978-3-7407-2681-2

Titel:	Die Nacht des Horrors
Genre:	Horror
ISBN:	978-3-7407-4812-8

Titel:	Abenteuergeschichten für Kinder
Genre:	Roman
ISBN:	978-3-7407-6328-2

Titel:	Sommerliche Gaystories
Genre:	Roman
ISBN:	978-3-7407-5107-4

Titel:	Die Brücke zum Verrat
Genre:	Roman
ISBN:	978-3-7407-6639-9

Titel:	Das Wolfsmädchen
Genre:	Roman
ISBN:	978-3-7407-6589-7

Titel:	Mysteriöse Thriller-Geschichten aus Deutschland
Genre:	Mysterythriller
ISBN:	978-3-7407-7055-6

Titel:	Der Tod von der Theater-legende Xaver Stieler
Genre:	Kriminalroman
ISBN:	978-3-7407-8645-8

Titel:	Die spannenden Fälle von Kommissar Black
Genre:	Kriminalroman
ISBN:	978-3-7407-8690-8

Titel:	Spannende Krimisammlung aus drei Kurzgeschichten
Genre:	Krimi
ISBN:	978-3-7407-0620-3

Titel: Wenn du dich erinnerst…

Genre: Roman
ISBN: 978-3-7407-1208-2